Le Chasseur d'Argent
et l'Œil de Sang

Ludvai Aragon

Le Chasseur d'Argent et l'Œil de Sang

Fantasy

© 2024 Ludvai Aragon

Édition : BoD • Books on Demand GmbH, In de Tarpen 42, 22848 Norderstedt
(Allemagne)
Impression : Libri Plureos GmbH, Friedensallee 273, 22763 Hamburg (Allemagne)

ISBN: 978-2-3225-5650-2
Dépôt légal : Août 2024

Loi n°49-956 du 16 juillet 1949 sur les publications destinées à la jeunesse,
modifiée par la loi n°2011-525 du 17 mai 2011.

« Je suis fier de toi. Ce n'est pas le travail qui fait qu'on est fier ou pas ; c'est la façon de le faire. Sois fier de toi. »

Robin Hobb

I – Le veig sans nom

*

« ... mais nous n'avons pu le retrouver malgré tout. Il semble qu'il ait réussi à cacher ses traces, d'une façon ou d'une autre. L'Aikdhekor[1] Detras affirme que son précepteur, Falreg, est un complice, car c'est grâce à ses enseignements que Gwalbrevil a obtenu ses capacités. Il demande donc l'autorisation de l'emmener en détention afin de pouvoir l'interroger. Si Sa Majesté le permet, nous préférerions nous en charger, afin que l'affaire ne s'ébruite pas trop vite. »

Rapport anonyme

*

La plaine s'étendait à perte de vue, gigantesque, cernée par de sombres montagnes, une épaisse forêt et une longue rivière qui se jetait très loin au sud, bien loin derrière le veig[2], dans la mer. Le paysage entier était recouvert de l'épaisse lumière d'un soleil pesant, presque aveuglant. L'herbe, bien que verte et abondante, était sauvage et coupante. La rivière, que l'on nommait Angwi,

---

1   Chef des armées
2   Village, ville

aurait apporté un bruit reposant si le seul arbre à des lieues à la ronde n'avait pas été peuplé d'oiseaux dont le chant s'était transformé en vacarme insoutenable... et c'étaient là les seuls signes de vie aux alentours. Rien ne remontait la rivière, rien ne s'y abreuvait, rien autour du veig ne bougeait, rien ne se ruait dans les herbes pour se terrer, rien ne traquait ou ne chassait, rien ne bougeait, rien ne vivait. Rien, mis à part un voyageur et sa monture.

L'homme tirait une superbe jument à la robe noire, à la crinière d'un gris d'acier et à l'allure plus altière que si elle avait porté un prince. Mais si la jument était fière, son maître était habillé d'une armure de cuir clouté mal ajustée, sur laquelle de très nombreuses marques témoignaient d'une vie tourmentée. Dessous, une chemise de lin, de mauvaise facture, d'un gris usé et sale, recouvrait un corps rigide et, bien que maigre, plutôt musclé. Par-dessus cela dépassait la tête fatiguée d'un jeune homme éreinté par le voyage qu'il était sur le point de terminer. Ses cheveux noirs étaient attachés derrière sa tête en une courte queue de cheval. À son côté, une longue lame oscillait, pointe vers le sol, maintenue par un porte-épée de cuir sans fourreau. Si quelque chose contrastait avec la pauvreté apparente de Gwyll, c'était assurément son épée.

— Sois prudente, Naya, suggéra le voyageur, ceux qui m'ont envoyé ici ont été clairs, l'endroit n'est pas des plus sûrs.

La jument hennit en réponse, secouant légèrement sa crinière brillante, dont le gris rappelait celui des yeux de Gwyll. Comme pour signifier qu'elle avait compris, elle pressa légèrement le pas, immédiatement imitée par son maître. Ils descendirent le chemin qui glissait vers le veig, entre les herbes hautes dont la teinte, d'un vert agressif, se reflétait sur le sol remué par un passage, apparemment régulier, d'hommes comme d'animaux.

Une palissade de bois et de pierre encerclait le veig, protégeant les habitants de ce qui pouvait se trouver autour, si tant était que les monstres ne sussent voler, sauter ou creuser, ou qu'ils n'eussent pas la force d'enfoncer les planches. Une bien maigre protection, pensa l'homme, alors qu'il frappait au grand portail. Il attendit un instant et frappa encore, puis une nouvelle fois.

— N'y a-t-il pas une bonne âme qui m'ouvrira ? appela-t-il alors qu'il s'impatientait quelque peu. Pourquoi construire une porte si personne ne peut l'ouvrir ?
— Qui es-tu, voyageur ? lui répondit finalement, au travers du bois, la voix d'un vieil homme.
— On me nomme Gwyll, s'expliqua-t-il, on m'a envoyé ici afin que je vous aide.
— Que les dieux te sauvent en ce cas, étranger. Je t'ouvre.

Il fallut plusieurs instants au vieillard pour ouvrir la porte. Elle n'était pas si lourde, mais d'épaisses cordes retenaient la planche qui la verrouillait. Lorsque Gwyll fut enfin à l'intérieur, il lâcha la bride de Naya pour aider le pauvre homme à refermer.

— Quel mal vous ronge donc ? interrogea le voyageur en disposant la planche.
— Ne vous a-t-on pas dit ? rétorqua le vieillard, dont les frusques révélaient la piètre condition de vie. Un monstre rôde dans les environs. Il ne sort que la nuit, mais il tue tout ce qu'il attrape autour du veig. Par bonheur, ce portail semble l'arrêter.

— Je vois, réfléchit le jeune homme. Dis-moi, y a-t-il des écuries, ou un quelconque endroit où l'on pourra prendre soin de ma jument ?
— Les écuries se trouvent derrière la maison de l'Aikveig.
— Voilà qui est heureux, je dois le rencontrer. Où est sa demeure ?
— C'est celle dont le toit est recouvert de fientes, dit-il en passant la main devant ses yeux en signe de pénitence. À croire qu'il est encore plus maudit que nous.
— Merci, mon brave. Que les dieux te gardent.
— Si seulement, mon ami, si seulement...

Gwyll s'avança vers la maison indiquée et Naya le suivit sans qu'il eût besoin de la guider, l'encolure toujours droite et le pas assuré. Personne ne traînait dans les rues, les persiennes étaient toutes fermées, pas même un chien ne marquait son territoire sur les murs de pierre déjà salis par la poussière. Le vieillard avait, à son tour, disparu. De l'intérieur du village, on distinguait à peine le brouhaha de l'arbre. Gwyll s'essuya le front du revers de la manche ; la chaleur était encore plus étouffante une fois dans le veig.

Une fois passée la maison indiquée, la jument trouva aisément du foin de piètre qualité qui ne put que décevoir ses nobles attentes. Son maître lui caressa le flanc en s'excusant de lui faire subir cela. Il savait que ce ne serait pas la dernière fois, mais avait-il vraiment le choix ? Naya frappa le sol de son sabot ferré, avant de plonger sa mâchoire dans le fourrage jaunâtre et de reprendre sa mine digne.

Gwyll finit de s'occuper de sa jument sans que personne ne vienne, sans que quiconque s'inquiète que le foin fût consommé par le destrier d'un étranger. Il s'éloigna de l'écurie pour retourner vers la maison maudite de l'Aikveig. Pas un battement d'aile aux alentours, pourtant le toit recouvert de blanc et de vert témoignait d'un passage récent. Peut-être étaient-ce les oiseaux de l'arbre ? Si c'était le cas, cela ressemblait effectivement à une malédiction. Faible, certes, mais cela n'y changeait rien...

Il frappa à la porte, d'un coup assuré.

— Aikveig ?
— Allez-vous-en ! hurla une voix apeurée. Je ne suis pas là !

— Messire, je me nomme Gwyll, j'ai été envoyé par le sire Talda, comte de Révis, pour vous porter secours.

Des grognements suivirent la déclaration de l'étranger. Des bruits de pas résonnèrent dans la masure et la porte finit par s'ouvrir sur un petit homme au visage rouge comme le vin et au regard vide comme la bouteille qu'il tenait à la main. Il manquait de cheveux derrière les tempes, mais ne semblait pas tant victime d'une calvitie que prompt à se les arracher lui-même par poignées.

— Le sire Talda, vous dites ? questionna l'Aikveig. C'est nouveau qu'il s'intéresse à mon sort.
— Je ne suis guère politicien et ne puis expliquer ses motivations, Messire, avoua Gwyll. Je ne suis rien de plus qu'un combattant dont il a loué les services et à qui il a ordonné de tout mettre en œuvre pour aider votre veig.
— Je vois... Eh bien, je dois dire que je suis surpris. Entrez, décida-t-il en s'écartant. Venez donc boire un peu de vin.
— Je vous remercie Messire, dit le mercenaire en s'avançant. Mais je ne bois pas d'alcool.

— Allons bon, un gaillard comme vous, ça peut boire. Vous n'êtes pas une femme pour que l'on vous offre une infusion de... de... d'herbes.
— Une infusion m'ira très bien, Messire.

L'Aikveig fixa son invité, avant de soupirer et de hurler à sa compagne de préparer de sa boisson stupide pour leur hôte. On ouvrit le puits de soleil sur la cheminée, permettant à une plaque de verre de concentrer les rayons sur un récipient de métal, où l'eau chauffa en un rien de temps. L'Aikveig possédait donc un teptère... Tout le monde ne pouvait pas s'en offrir, et le veig ne semblait pas des plus riche. Mais alors que son hôte le laissait patienter en maugréant dans sa barbe sans lui adresser la parole, une question s'imposa à Gwyll.

— D'où vient donc votre vin ? interrogea-t-il.
— Je vous demande pardon ?
— Le veig dans lequel vous vivez est éloigné de toute forme de cultures. Les gens ont peur de sortir de chez eux, et pourtant il y a du fourrage dans l'écurie. Pas de chevaux, mais du fourrage... Et enfin, pas la moindre vigne à des lieues alentour, mais pourtant vous buvez... D'où viennent vos ressources ? D'où vient votre vin ?

L'Aikveig fixa le voyageur. Sa mine bougonne avait glissé vers un air méfiant, et il toisait cet homme qui mesurait une bonne coudée de plus que lui. Sa femme faisait mine de ne pas entendre et insérait des feuilles de mûrier et de framboisier, du romarin et de la lavande dans le récipient du teptère. Gwyll insista du regard, l'Aikveig croisa les bras... puis céda.

— Le sire Yorig, comte de Béorne, nous envoie régulièrement un peu de soutien.
— Le comte de Béorne ? Il n'est pourtant pas connu pour sa générosité... s'étonna l'invité.
— Nous sommes privilégiés.
— Savez-vous pourquoi ?
— Bien sûr que non. Nous ne sommes pas du genre à aller quémander de l'aide. C'est d'ailleurs pour cela que nous n'avons appelé personne pour nous aider avec ce qui malmène notre veig. C'est la raison pour laquelle vous êtes là, après tout.

Son infusion enfin servie, Gwyll hocha la tête. Cette histoire l'intriguait, mais il n'était pas là pour ça, et étant payé par le sire Talda, les différends politiques pourraient mettre le veig en mauvaise posture. Sans être politicien, il avait conscience des enjeux que pouvaient représenter une aide supposément gratuite en termes d'influence et que la compétition ne plaisait pas forcément à tout le monde, même s'il n'avait pas la moindre idée de pourquoi on pouvait porter autant d'intérêt à ce veig. Il n'avait pas de ressources, peu d'influence, même pas de nom.

— Vous avez raison, se reprit-il. Pardonnez ma curiosité. Votre veig m'intrigue beaucoup, mais je ne suis pas là pour m'immiscer dans vos affaires.
— À la bonne heure.
— Vous avez un problème de monstre, donc ?
— C'est cela. Nous ne pouvons pas sortir du village, pas après les derniers rayons de soleil. Autrement, on nous retrouve le lendemain, jeté par-dessus la palissade, dans une rue ou même sur un toit !
— Et dans quel état ?
— Dans quel état ? s'indigna-t-il. Mort, par Bheldhéis ! Que croyez-vous donc ? Que nous avons peur de quelques blessures ?
— Là n'est pas mon propos Aikveig. Je vous prie de m'excuser si une quelconque offense a pu être déduite de ma question. Ce que je souhaitais savoir, c'était la

nature des blessures. Leur forme, leur profondeur, leur nombre...

— Oh... Je vois, se ravisa l'Aikveig. Eh bien, leur gorge était arrachée, leur ventre aussi... Ils... Ils étaient comme vidés de leurs tripes, mais il n'y avait pas de sang... leurs bras et leurs jambes étaient presque dénués de chair. Parfois même leurs os étaient apparents... Et leurs yeux... Ils n'avaient plus d'yeux.

Gwyll laissa l'Aikveig parler. Au fil des mots, le visage de son hôte était de plus en plus pâle. La peur prenait le pas sur le vin, le dégoût marquait ses traits et même son épouse, qui faisait mine de ne pas écouter jusqu'alors, réprima un haut-le-cœur.

— C'est horrible, compatit-il. Avez-vous déjà vu le monstre ?

— Jamais. Il fuit la lumière et le regard des hommes. Mais nous avons pu l'entendre... Il grogne et ricane dans la nuit quand il est proche... Et lorsqu'il trouve une proie, nous entendons tous un chuchotement lancinant, comme si quelqu'un murmurait derrière nous... Il compte... Il nous rappelle que le nombre de victimes grandit.

Le monstre avait donc une conscience humaine, ou au moins trolléenne. Mais des créatures trolléennes en Helbbel, c'était plus qu'improbable. Des trolls aux gobelins, elles avaient été chassées par les humains, quelques décennies auparavant, dans ce qui fut le plus grand massacre perpétré par l'humanité. Ce monstre était probablement de nature humaine. L'absence de sang et la télépathie aiguillaient vers un vampire, mais les muscles et les entrailles arrachés ne tenaient pas ; les vampires ne dévorent pas leurs victimes, ils ne peuvent rien avaler d'autre que du sang. Quant aux yeux, à part pour quelque rituel magique, il ne voyait pas pourquoi on s'y intéresserait.

— Le portier a parlé de malédiction, est-il possible qu'un mage ou un sorcier ait une raison de vous en vouloir ?

— Pourquoi qui que ce soit m'en voudrait ? Je suis un homme respectable ! s'insurgea le chef du veig.

— Pourtant vous sembliez craindre la visite de quelqu'un lorsque j'ai frappé. Si qui que ce soit vous menace, ce pourrait être lié à ce qui arrive au veig.

— Personne ne m'en veut. Je suis aimé ici, je suis un bon Aikveig, je fais les choses comme il faut.

— Soit. Je n'ai vu personne d'autre que le portier, votre femme et vous-même. Or nous sommes encore en journée, il ne devrait pas y avoir de danger ni de raison de se cacher, alors... Où sont les habitants ?
— Les hommes sont presque tous partis, soit pour récupérer des ressources, soit pour tenter de tuer le monstre. Les femmes s'enferment depuis bien avant que le monstre n'arrive. Elles sont comme il faut, elles ne se montrent pas sans raison.
— Et les enfants ?
— Quoi les enfants ?
— Ils se cachent aussi ?
— Il n'y a pas d'enfants dans ce veig. Il n'y en a plus eu depuis des années. Nous sommes purs. Bheldhéis nous offrira des enfants lorsque le temps sera venu, mais nous ne cherchons pas à en avoir.

Pas d'enfants ? Même dans les villes les plus puritaines, qui se construisaient autour des temples de Bheldhéis, on faisait des enfants. Les prêtres encourageaient les hommes à procréer pour dominer en nombre les créatures de l'ombre. Alors, pourquoi ?

— J'irai à la recherche de ce monstre dès ce soir. Auriez-vous un endroit où je puis me reposer et me préparer ?
— Vous n'aurez qu'à utiliser la maison après l'écurie. Son propriétaire ne... vous en tiendra pas rigueur.
— Je vous remercie.

Il se leva et posa son bol sur le plateau de bois massif qui servait de table. Il signifia son respect à son hôte d'un salut de la tête, avant de se tourner vers la compagne de ce dernier.

— Madame, je vous remercie infiniment pour ce breuvage. Il fut source d'apaisement. Puissent les dieux veiller sur vous et votre maison, et débarrasser votre mari du mal qu'il s'attire...

Le teint de la pauvre épouse dont il ne connaissait pas le nom se colora légèrement et elle hocha la tête. Le petit homme murmura qu'il espérait bien être débarrassé de la malédiction qu'une quelconque sorcière semblait lui avoir jetée et prit une gorgée de vin, dont l'amertume lui causa une quinte de toux, faisant ressortir le liquide pourpre par son nez. Gwyll n'attendit pas qu'il s'en remette pour tourner les talons. La nuit allait être longue, il allait avoir besoin de tout le temps dont il disposait.

II – Le monstre

*

« Ce pouvoir peut trouver des sources différentes. La première est l'illusion. Dans certaines conditions, la voix peut porter d'une façon si particulière qu'elle semble venir de l'intérieur même de la tête. Cette méthode ne peut être qu'éphémère, car les circonstances permettant de l'appliquer sont très dures à maintenir. La seconde façon de faire est la persuasion, ou l'autopersuasion. Si après avoir entendu la voix, l'auditeur est convaincu par quelqu'un ou par lui-même que cette voix était interne, son souvenir en sera changé pour confirmer cette idée. Cela nécessite un grand niveau de connaissance en manipulation, ou un esprit particulièrement vulnérable de l'auditeur. Enfin, il reste la magie... »

Jeux de l'affaiblissement de l'esprit, de Kronz Beleer

*

Le crépitement des flammes résonnait dans la maison abandonnée qui servait de repaire à Gwyll. Elle était dans un bon état général, si l'on omettait la couche imposante de poussière. Elle n'avait sûrement été abandonnée que quelques semaines auparavant, peut-être quelques mois.

La cheminée avait été ramonée ; peu de suie s'y trouvait. Le soleil commençait à s'effacer à l'horizon, mais la chaleur n'avait que peu diminué et le feu n'en était que plus désagréable. L'eau qui frémissait dans la bouilloire laissait cependant échapper une odeur d'ail et de romarin, qui aurait pu donner de l'appétit à qui ne connaissait pas la mixture que préparait le guerrier solitaire.

À ses pieds, un parchemin portant le titre de *Kuendhro-Soi* décrivait les effets d'un certain nombre de plantes. L'on pouvait entre autres informations lire que l'ail, contrairement à la croyance populaire, ne repoussait pas les vampires, mais qu'une décoction en contenant pouvait faire disparaître, momentanément, leur faim. Le romarin, quant à lui, possédait des vertus purificatrices. La poudre d'écorce de chêne, autre ingrédient plus discret de la préparation, calmait les esprits et rendait une créature trolléenne ou partiellement humaine plus encline à la conversation. Quant au chamei, une plante rare ne poussant que dans les déserts de Eilnap, il était question d'antichangement. Gwyll savait très bien ce qu'il comptait faire. Se battre, même s'il était très doué pour cela, n'était pas ce qu'il préférait et obtenir des informations serait de toute évidence plus utile à l'Aikveig.

Il filtra sa décoction et emplit une outre de l'infusion, le tout en concentrant sa propre volonté. Un frisson passa dans son dos et sa nuque alors que sa magie opérait. Il lui fallut un instant pour clore l'outre, après quoi il s'autorisa enfin à manger une portion de viande séchée. Une fois le goût salé estompé par une grande rasade d'eau, il recouvrit le feu de cendres, fit son paquetage et sortit de la maison. D'un pas vif, il rejoignit sa jument pour vérifier qu'elle avait tout ce dont elle avait besoin. Naya lui offrit tout le dédain dont elle était capable, mais ne refusa pas les caresses de son maître. Elle fit danser sa crinière avant que Gwyll s'en aille, en même temps que le soleil.

Ne sachant où se trouvait le portier, il escalada directement la palissade pour sortir de l'enceinte du veig et s'avancer vers la nature. Les oiseaux s'étaient tus, sûrement à cause de l'heure, et le silence inquiétant qui s'étendait sur la plaine n'en était, par contraste, que plus pesant qu'il n'aurait dû l'être. Lorsqu'il jugea être assez loin du veig, il s'assit dans l'herbe et ferma les yeux. Son esprit, calme par nature, s'apaisa des quelques inquiétudes qui le traversaient, avant de prendre lentement conscience de chaque perception de son hôte. Si le toucher fut le plus vite exploré, ce fut l'ouïe qui apporta à Gwyll ce qu'il cherchait. Par delà le silence, étouffé par un voile immatériel, quelque chose froissait l'herbe aux alentours. Ce que l'esprit ne pouvait percevoir, le corps y arrivait. Car s'il est possible de tromper le corps comme l'esprit, duper les deux à la fois est un art plus complexe.

— Je suis Gwyll, prononça-t-il à haute voix. Et je ne suis pas là pour me battre.
— Alors es-tu là pour me nourrir ?

La voix semblait répondre depuis son propre esprit, mais une fois de plus, son corps la percevait. Ce n'était pas un vampire, Gwyll en était dorénavant certain.

— Je suis là pour négocier, annonça Gwyll. Pour négocier la tranquillité de ce village.
— Tu n'as aucune idée de ce dont tu parles, s'amusa la créature. Ce n'est pas de toi qu'ils ont besoin. Enfin, à moins bien sûr que tu ne sois sage-femme.
— Que désires-tu ? insista-t-il. Si tu es victime d'une malédiction, je peux t'en défaire.

— Une malédiction ? Je dois bien en avoir quelques centaines qui planent au-dessus de ma tête. Mais je n'en ai cure. Tu sais ce qui me plairait ? La tête de l'Aikveig. Ses yeux, plus précisément.
— Intéressant trophée... Pourquoi ses yeux ?
— Tu poses beaucoup de questions, mortel.

Il se redressa et se tourna dans la direction qu'il avait estimée pour son interlocuteur. Il ne distinguait qu'une ombre, mais il était bien là. Lorsque Gwyll parla de nouveau, ce fut pour asséner ses mots comme un coup de poing.

— Et tu parles beaucoup trop comme un non-humain, « mortel ».

Il avait compris. Les pièces assemblées, tout lui semblait clair. Il ne s'agissait pas là d'une créature maléfique ou maudite. Cet homme n'était rien d'autre qu'un mage, ou un sorcier. Astucieux, certes, mais rien de plus. Probablement doté d'un don de change-forme dont il se servait pour développer des attributs animaux. Le chamei serait probablement utile, peut-être même était-ce la raison pour laquelle il n'était pas déjà engagé dans un combat contre une presque bête.

— Dis-moi, thaumaturge, que souhaites-tu vraiment ? Car si tu veux ses yeux, ce n'est pas uniquement pour le plaisir d'avoir vaincu.
— Je veux simplement le bien du veig. Mais vous ne pourriez pas comprendre. Tout ce que je regrette, c'est que vous soyez le seul à être venu.
— Pourtant, la situation du veig arrive aux oreilles des comtes alentour. Personne ne sait réellement ce qu'il se passe, mais il semble tout de même que l'attention soit sur... Attendez... C'est pour cette raison ? Vous tentez d'attirer l'attention délibérément ?
— En voilà un petit génie. Un peu bruyant, mais pas tout à fait imbécile. Voilà qui est nouveau.

Les faits continuaient de s'agencer dans la tête de Gwyll. Il voyait plus loin. Dans l'esprit de cette personne, plus il y aurait d'étrangers, plus il y aurait de risque qu'une femme finisse par tomber enceinte... Car là était la vraie malédiction du veig.

— Pourquoi l'Aikveig interdit-il les naissances ?
— Vous me fatiguez, étranger.

Les effluves de l'écorce de chêne ne faisaient visiblement plus effet. Le sorcier s'était lassé de la conversation et allait passer à l'attaque. Gwyll dégaina son épée et adopta une posture défensive, pendant que son adversaire levait la main. Il allait se servir de sa magie, non de sa deuxième forme. Pour n'importe quel combattant, ça n'aurait pas été une bonne nouvelle. Mais Gwyll ne montra aucune frayeur. Il fit quelques pas sur le côté, toisant le sorcier qui, d'un œil mauvais, suivait le mouvement. D'un geste de la main, il invoqua la foudre qui s'abattit presque instantanément sur le guerrier, ce qui aurait dû le tuer sur le coup. Pourtant, il ne bougea pas. C'était comme s'il ne s'était rien passé. Le sorcier, dont le camouflage avait perdu de sa qualité, ouvrit grand ses yeux bleu-gris.

— Comment ? Un simple guerrier ne peut pas... Même un sorcier ou un mage... Tu... Qui es-tu ?
— Je suis Gwyll, répéta-t-il.

Le sorcier ne bougeait plus. Ce nom ne lui disait sans doute rien, mais il n'existait qu'une explication. Son attention se porta sur les mains du jeune homme. Une bague, apparemment de mauvaise facture, ou tout du moins qui accusait un grand âge, enserrait l'auriculaire de la main droite de Gwyll. Elle semblait faite d'un métal pauvre, probablement un acier, mais rien d'aussi précieux que de l'argent. Le sorcier sembla se calmer et se retourna.

— Je vais te laisser aller. Cet anneau que tu portes... Il en dit trop long pour que je me risque à aller plus loin. Tu veux m'aider ? Sauve le veig de son Aikveig. Et si tu ne puis faire plus, apporte-moi ses yeux.
— Je ne lui ferai aucun mal. Si je t'épargne, ce n'est pas pour participer à ton bain de sang.
— Mon bain de sang... Je suppose que c'est la seule façon dont on peut le comprendre de ton point de vue. Eh bien soit, si tu trouves mieux, je ne serai pas une gêne. Et tant que tu seras dans les environs, les habitants du veig seront en sécurité, peu importe l'heure. Mais va-t'en sans avoir réglé le problème et les attaques reprendront de plus belle ; les remparts ne protégeront plus personne.

D'un claquement de doigts, le thaumaturge disparut de la vue de Gwyll. Ce dernier rangea finalement son épée et retourna au veig. Sans difficulté, il escalada de nouveau la palissade, heureux que la chaleur ait abandonné la plaine. D'un pas léger, il se dirigea vers l'écurie et y trouva Naya, éveillée. La jument reconnut visiblement son maître, car elle prit immédiatement l'air outré d'une jument noble que l'on ne traitait pas comme son rang l'exigeait.

— Heureux de voir que tu vas bien, siffla-t-il. Tu peux dormir sans crainte, je ne ressors pas cette nuit. J'ai beaucoup appris. Espérons que je trouverai comment me servir de ces nouvelles informations…

Tout en parlant à la jument, il s'installa dans la paille, prêt à passer la nuit à côté d'elle, comme pour faire pénitence de son manque d'attention à son égard. L'esprit du guerrier, occupé par ses réponses et ses questions nouvelles, n'émergea que plusieurs heures plus tard, au lever du soleil.

Une jeune femme se tenait debout devant l'entrée de la stalle. Elle était vêtue d'une robe de travail simple, qui ne mettait pas en valeur sa jeunesse manifeste. Un foulard couvrait presque entièrement des cheveux noirs qui contrastaient avec la blancheur de sa peau. Elle portait un seau d'eau qu'elle s'empressa de vider dans l'abreuvoir lorsqu'elle réalisa que Gwyll avait ouvert les yeux.

— Vous ne devriez pas dormir dans l'écurie, sieur Gwyll, dit-elle d'une voix légèrement hésitante.

— Vous connaissez mon nom ?

— J'ai parlé avec Jilla, la femme de l'Aikveig... Nous pensions que vous aviez emprunté la maison de Gréom...

— C'est vrai, j'aurais dû y dormir. Je me suis assoupi ici avant d'avoir le temps d'y retourner... J'espère ne pas vous avoir causé de soucis...

— Oh, non, aucun, assura-t-elle. J'étais juste surprise de vous trouver là. Oh ! Pardonnez mes manières ! Je ne me suis même pas présentée ! Je me nomme Taéla !

— Enchanté, Taéla, je suis Gwyll... Mais vous le saviez déjà, réalisa-t-il. Merci d'avoir apporté de l'eau pour Naya.

— Rien de plus normal ! Par Bheldhéis, nous devons honorer ceux qui viennent à nous, ou nous attendre à Son courroux ! Et... Nous avons suffisamment de Son courroux pour le moment...

— Croyez-moi, ce que vit votre veig n'est point du fait de Bheldhéis... Pardonnez ma question, mais... quel âge avez-vous ?

Taéla fut étonnée de la question soudaine, mais ne s'en offusqua pas. Elle avait dix-sept ans. Elle était arrivée ici quelques mois auparavant, car elle accompagnait son père qui était venu commercer. Il avait été une des premières victimes de la bête supposée et Taéla, n'ayant plus de famille, avait été accueillie par les femmes du veig. Gwyll écouta son histoire avec attention. C'était probablement une des femmes les plus jeunes du veig, peut-être la seule à ne pas être mariée et donc à ne pas être directement victime de la politique puritaine de l'Aikveig. Peut-être savait-elle donc quelque chose qui pourrait l'aider.

— Savez-vous pourquoi les femmes ne font pas d'enfants ici ?
— C'est... Une histoire compliquée. De ce qu'on m'a dit, c'est à cause d'une visite d'un prophète qu'aurait reçu l'Aikveig il y a quelques années. Il aurait promis au veig que s'il restait parfaitement pur, les épreuves qu'il vivrait seraient récompensées par Bheldhéis lui-même. L'Aikveig l'a pris très au sérieux... Peut-être trop, ajouta-t-elle plus doucement.
— Peut-être... Mais alors, une loi interdit de procréer ?
— La peine de mort par le fouet est prévue si l'on découvre que quelqu'un a bravé l'ordre de chasteté.

Gwyll écarquilla les yeux. Le fouet était une mort des plus lentes, réservée pour les affronts majeurs aux dieux et aux rois. Que l'Aikveig s'autorise une telle loi lui semblait impensable. Ainsi, la politique locale avait les moyens de faire suffisamment pression sur la vie quotidienne pour empêcher toutes les familles de faire des enfants.

— Y a-t-il eu des condamnations ?
— Je n'en ai jamais vu, mais peut-être...
— Je demanderai à Jilla, alors. Merci infiniment d'avoir pris le temps de répondre à mes questions.

Le poing sur le cœur, il s'inclina pour saluer Taéla. Celle-ci le salua de façon bien moins formelle, d'un signe de main, et s'éloigna finalement des écuries. Gwyll prit le temps de soigner sa jument, et lorsqu'il retourna dans ses appartements de fortune, il y trouva un grand seau d'eau claire, dont il se servit pour se désaltérer, puis pour faire sa toilette. L'esprit plus clair, il fit le tri dans ses simples et, dans des feuilles de vigne, il prépara deux papillotes d'herbes qu'il noua soigneusement de fils de lin. Il ressortit ensuite et observa, à la recherche de quelque mouvement. Mais les femmes sortaient peu, il le savait. Il n'y aurait pas plus d'activité ce jour-là que le précédent. Aussi se rendit-il directement chez l'Aikveig.

Ce fut sa femme qui ouvrit la porte. Elle détourna légèrement ses yeux clairs avant d'annoncer doucement :

— Mon mari ne peut vous recevoir... Il est indisposé et n'a pas quitté le lit ce matin.
— Je ne viens pas pour lui aujourd'hui. Vous êtes Jilla, n'est-ce pas ? Taéla m'a dit que vous lui aviez parlé. Permettez-moi de vous remercier pour votre infusion d'hier et de vous encourager en ces temps difficiles.

Il lui tendit une des papillotes qu'elle accepta et rangea avec soin. Il lui expliqua qu'une infusion de ce mélange d'herbes permettait de soulager les douleurs légères, qu'elles soient du corps ou de l'esprit. Elle le laissa ensuite entrer et lui offrit un siège en face d'elle.

— Vous vouliez me parler ? demanda-t-elle finalement.
— Je n'en aurai pas pour longtemps, mais oui, je souhaiterais vous poser quelques questions sur le veig. J'ai discuté avec Taéla, et si elle a répondu à mes interrogations, elle en a levé de nouvelles.
— Très bien, je ferai de mon mieux pour vous aider.

— Merci infiniment. J'ai appris les règles à propos de la conception d'enfants. Y a-t-il déjà eu des condamnations ?

— Oui, soupira-t-elle, au nombre de trois. La première a eu lieu quelques jours à peine après le décret. Triktar a été condamné à mort et sa femme Rinsa fut battue pour tuer l'enfant en son sein. La deuxième condamnation fut une année plus tard. Frélis tué, Berran battue. La dernière a eu lieu il y a un an. Ranker a été tué et sa femme Nubla a été battue.

— Ces femmes sont toujours au village ?

— Rinsa et Berran, oui. Nubla s'est enfuie quelques jours après la condamnation. Je ne sais pas si elle est encore en vie.

La voix de Jilla se faisait plus amère qu'elle semblait vouloir le laisser paraître. Ces événements l'avaient secouée, de toute évidence. Cela n'étonnait guère Gwyll. De telles exécutions avaient dû marquer bien des esprits, et les violences subies par ces femmes tout autant.

— Pardonnez-moi d'avoir fait remonter des souvenirs douloureux.

— Ce... Ce n'est rien. Puis-je vous aider d'une autre façon ?

— Eh bien, j'ai bien une dernière question. Les cadeaux et autres avantages reçus par votre époux auraient-ils commencé après la prophétie que vous avez reçue ?
— Cela a commencé quelques mois après le passage du prophète, oui. Vous pensez qu'il y a un rapport ?
— C'est possible... Mais je ne suis pas politicien.

Ce n'était pas un mensonge, pourtant Gwyll comprenait beaucoup mieux pourquoi on pouvait s'intéresser au sort de ce veig. Si une bénédiction de Bheldhéis venait à toucher les habitants du veig, mieux valait être dans de bonnes dispositions avec eux. Nul ne sait comment Bheldhéis procède, car c'est un dieu capricieux. Le sire Talda n'avait très probablement pas eu d'opportunités plus tôt et guettait un moment propice pour jouer un atout : Gwyll lui-même. Il soupira intérieurement. Il savait qu'en acceptant de travailler pour un politicien, il ferait partie d'une machination politique d'une façon ou d'une autre. Ce n'était pas si grave, mais c'était... usant.

La conversation ne s'éternisa pas. Jilla avait à faire et Gwyll aussi. Il prit congé poliment et prépara Naya à une petite excursion autour du village. La jument fraîchement sellée manifesta son contentement d'un hennissement en accompagnant son maître jusqu'au portail où le vieux portier lui ouvrit et lui souhaita chance et bénédiction. Naya fit quelques foulées au trot, puis, après confirmation de son maître, s'élança au galop. Il était temps d'aller visiter ce fameux arbre...

III – L'ARBRE

*

« Et Bheldhéis fit face à son frère dans un combat qui dura un âge entier. Témodéis lui infligea ses attaques sans faiblir jusqu'à ce que Mehndéis les arrêtât. Nul ne gagna ou ne perdit et la lumière et les ténèbres s'équilibrèrent dans le temps. Ainsi naquit le cycle du jour et de la nuit, régi par Mehndéis, grâce aux forces de ses deux frères. »

Histoires et Mythes de Helbbel, de Morz Nalkaer

*

Gwyll descendit de sa monture à l'ombre de l'imposant arbre dont les branches accueillaient une multitude d'oiseaux. Hors d'atteinte pour qui n'était pas un excellent grimpeur, ils ne semblaient pas craindre la présence nouvelle en dessous d'eux. Doucement, Gwyll posa la main sur l'arbre, espérant y trouver une source de magie quelconque. Mais il ne dégageait rien de particulier. Tant pis, il essaierait plus largement.

Il ferma les yeux et ouvrit son esprit, de façon qu'il pût capter le plus de traces de magie possible. L'exercice était complexe et dangereux, car cette transe particulière pouvait, sous certaines conditions, laisser l'esprit vagabonder sans jamais retrouver son corps. Il ne devait pas faillir ou se laisser emporter. Il insista, pendant plus longtemps qu'il ne le crut, avant de finalement sentir un léger filet de magie. Il rouvrit les yeux et suivit l'empreinte jusqu'à une racine de l'arbre, coupée de celui-ci. Il inspecta le bois et trouva un glyphe qu'il identifia sans mal. C'était un sceau de transport. Gwyll sourit. Son hôte n'apprécierait peut-être pas sa visite.

Du bout du doigt, il retraça le symbole et banda sa volonté pour mêler sa magie à celle déjà inscrite. Le monde autour de lui changea. La lumière brillante du soleil fut remplacée par celle, vacillante, d'une lampe à huile, le ciel bleu devint un plafond de pierre, la terre herbeuse changea en un sol dallé. Il fallut quelques secondes à Gwyll pour reprendre ses esprits après cet étrange voyage. Il était dans une sorte de cavité rocheuse aménagée, laquelle contenait une table de travail, un autel de sorcier, une paillasse grossière et des sacs. De l'un de ces derniers dépassait un parchemin enroulé dont Gwyll déduisit qu'il devait en cacher d'autres. L'ensemble suintait de magie, de la pierre aux couvertures. Tout ici avait été créé, taillé ou touché par de la magie.

Il se rapprocha de l'autel et constata avec horreur qu'une coupe pleine d'une mixture de chair et de sang s'y trouvait. Des yeux écrasés et mélangés au liquide rouge dégageaient une odeur putride. Au milieu de la mixture, pourtant, un œil plus grand que la moyenne semblait bouger. Il regardait ici et là, mais Gwyll sentait que ce que cet étrange objet observait n'était pas ici. Il hésita, mais d'un geste lent, il posa les doigts sur la coupe. Il glissa sa magie dans celle de l'objet, comme un parasite s'insinuant dans les racines d'un arbre, et partagea pendant quelques secondes la vision de l'œil. Il lui fallut un instant pour reconnaître le veig, vu d'en haut. Chaque mouvement à l'intérieur lui apparaissait comme évident, y compris depuis les quelques fenêtres dont les persiennes étaient ouvertes.

— Que faites-vous ici ?

Distrait par cette voix de la magie à laquelle il s'était lié, Gwyll fit un pas en arrière avant de reprendre ses esprits. Une femme se tenait devant lui, dans une robe de travail qui devait être bien plus confortable que celles qu'il avait vues dans le veig. Il leva les mains pour signifier qu'il n'était pas hostile.

— J'essaie de comprendre les différentes menaces qui planent sur le veig. Je ne suis pas là pour me battre.
— Alors, que comprenez-vous ?
— Est-ce vous que j'ai vu la nuit dernière ?
— Vous êtes définitivement un peu long à la détente.
— Alors... Vous êtes Nubla, n'est-ce pas ?

Cette fois-ci, son visage se figea. Elle ne s'attendait pas à entendre ce nom, Gwyll en était certain. Il s'inclina en signe de respect et d'excuse.

— Je vous demande pardon pour cette intrusion. Mais sachez que j'ai aussi appris la menace qu'est l'Aikveig et... Je pense avoir besoin de vous pour que cela cesse.
— Et... qu'attendez-vous de moi, sire Gwyll ?
— Dans un premier temps, que vous répondiez honnêtement à mes questions. Vous avez sans doute raison, je ne suis pas capable de tout comprendre, mais chaque information peut m'aider. J'ai besoin d'une vue plus globale.
— Très bien. Je vous écoute, Gwyll.
— Pourquoi les yeux ?

— C'est... Un sortilège. Celui que vous avez vu. Cette coupe contient un œil magique, formé des yeux de mes victimes. Il me permet de surveiller le veig, mais surtout, il attire l'attention de ceux qui sont sensibles à la magie. Je suppose qu'il est une des raisons de votre venue, d'une façon ou d'une autre.
— Peut-être... Votre plan était-il vraiment de tuer tout le monde pour attirer l'attention ?
— Clarifions au moins une chose : je n'ai pas tué tout le monde, seulement des personnes qui ont participé d'une façon ou d'une autre aux atrocités. Aujourd'hui, ils sont presque tous morts. Mais attirer l'attention sur le veig est aussi une partie du plan. Sans cela, cette loi stupide ne disparaîtra jamais.

Elle semblait contenir sa rage en prononçant ces mots. Gwyll la comprenait. Cette vengeance venait d'une femme qui avait non seulement perdu son mari, mais aussi son enfant à naître à cause d'une loi absurde. Ce n'était probablement pas la bonne chose à faire, mais... Il n'arrivait pas à la blâmer pour cela. Cependant, une chose lui paraissait encore bizarre.

— Voyez-vous qui est Taéla ?
— La plus jeune femme du veig ?

— Son père n'a pas pu participer à une exécution, n'est-ce pas ?
— Je n'ai pas tué son père. Il a été éventré et détroussé par l'un de ses clients qui s'est servi de cette histoire pour masquer son méfait.
— Est-il toujours au village ?
— Disons qu'il a toujours un œil dessus.

Nubla désigna la coupe d'un geste de la main. Gwyll hocha la tête en signe de compréhension. Il ne savait pas s'il devait croire à son histoire, mais après tout, cela ne changeait rien. S'il n'était pas d'accord avec sa façon de faire, elle avait raison sur la culpabilité des gens qu'elle punissait. Mais elle n'était clairement pas en position d'écouter ce que lui en pensait. De plus, elle avait déjà proposé de le laisser essayer autre chose. Autant en profiter.

— Seriez-vous prête à réapparaître en secret auprès des autres femmes du village ?
— Pourquoi ferais-je cela ?
— Vous pourriez devenir... un symbole. Mener une révolte.
— Elles ne savent pas que je suis sorcière...

— Pourquoi le cacher ? L'Âge de la Chasse est terminé, la magie n'est plus aussi mal vue.
— Je n'ai pas envie d'en parler maintenant. Je peux me révéler, mais je ne suis pas sûre que cela amène du positif.
— Il ne s'agit pas de revenir au village. Pas immédiatement tout du moins.
— Expliquez-moi.
— Eh bien... Depuis quelques années, les femmes sont autorisées à gouverner. Elles peuvent endosser le rôle d'Aikveig. Il s'agirait donc d'arracher à l'Aikveig actuel qu'il vous donne son rôle. Une fois cela fait, vous pourrez rétablir des lois plus justes. Et pour arriver à vos fins, il faudrait avoir les habitantes de votre côté. Le seul pour qui la menace pourra être utilisée sera l'Aikveig lui-même. Ainsi, vous restez partie prenante du changement que vous attendez, et... vous ne tuez plus.
— Pourquoi ne pas simplement tuer l'Aikveig ?
— Cela ne vous permettrait pas de récupérer le contrôle du village... En revanche, vous deviendriez officiellement hors la loi, ce que vous n'êtes pas encore

aux yeux du monde. Et vous l'avez visiblement compris, sinon il serait déjà mort.

— C'est vrai... concéda-t-elle. C'est audacieux, votre idée. Mais ça me plaît.

— Parfait. En ce cas, je viendrai vous présenter quelqu'un dès demain.

— Très bien, Gwyll. À demain, alors.

Il la salua et retourna vers là où le glyphe l'avait fait arriver, mais avant qu'il pût le chercher, une main glissa sous son bras. Le monde fondit autour de lui avant qu'il ne se retrouvât à l'intérieur du veig, devant le portail. La nuit était déjà tombée et le silence régnait en maître sur la plaine et le veig. Il tituba et posa le genou au sol. Cette fois-ci, il n'avait pas eu le temps de se préparer au voyage. Peut-être était-ce là le dédommagement pour être entré chez Nubla sans invitation ?

Il entendit un bruit sur le sol derrière lui et constata que Naya venait d'y apparaître. Celle-ci semblait vivre la chose avec bien plus de facilité que Gwyll. Depuis longtemps, il soupçonnait que les animaux étaient bien plus proches de la magie que les humains, et ce genre de situation semblait aller dans son sens. Il attrapa sa bride et posa la main entre ses naseaux.

— Tout va bien, murmura-t-il. Nous sommes rentrés.

Presque sans l'attendre, la jument se mit en route vers l'écurie. Il rit doucement et marcha à son côté avant de la débarrasser de son attirail, afin qu'elle pût dormir confortablement. Elle avait de l'eau et du foin, tout allait bien. Elle semblait même s'accommoder de la qualité du fourrage. Gwyll la laissa donc tranquille et retourna dans ses quartiers. Une nouvelle bassine d'eau l'y attendait. Il alluma un feu, fit chauffer de l'eau et se nettoya le visage. Trop préoccupé, il ne songea même pas à manger, et ce fut l'esprit encombré qu'il finit par trouver le sommeil.

Il fut réveillé par la chaleur du soleil qui s'immisçait par la fenêtre directement sur son visage. Il se frotta la mâchoire pour se débarrasser de l'impression de cuisson, puis s'aspergea la figure pour se réveiller. Il secoua la tête et regarda son reflet pendant quelques instants avant de se décider à se raser. Cela lui prendrait un peu de temps, mais au moins il serait un peu plus présentable. Il finissait de se raser quand quelqu'un frappa à la porte. Il ouvrit à Taéla qui avait amené un nouveau seau d'eau.

— Bonjour Taéla.
— Bonjour Gwyll. J'étais venue vous apporter de l'eau.

— Merci beaucoup, vous vous donnez beaucoup de peine pour moi.
— Ce n'est rien ! Le veig tout entier vous est reconnaissant de vous occuper de la bête !
— Vous semblez soudées, entre femmes du veig, n'est-ce pas ?
— C'est vrai. Les épreuves sont rudes et nous trouvons de la force les unes dans les autres.
— C'est bien, vous avez raison. Il faut agir de concert pour que les choses changent.
— Oh, même en agissant de concert, nous ne pouvons rien contre ce qui menace le veig...
— Et si je vous disais que si ? Je connais quelqu'un qui pourrait vous aider si vous vous unissiez. J'en aurais même besoin pour assurer la sécurité du veig. Puis-je vous la présenter ?
— À moi ? Bien sûr, mais... Je ne suis pas sûre que...
— Ne vous en faites pas, vous êtes tout indiquée. Vous êtes ce que j'ai de plus proche d'une amie dans ces murs, et... Ah ! J'allais oublier !

Il retourna fouiller dans son paquetage et sortit la deuxième papillote d'herbes qu'il avait préparée. Il l'amena à Taéla et lui expliqua ses vertus.

— Merci, Gwyll, je... Je ne sais que dire.

— Non, merci à vous, Taéla. Vous avez pris soin de ma jument et de moi-même sans même nous connaître. Vous méritez plus que quelques herbes. Mais elles sont tout ce que j'ai à offrir pour le moment.

— C'est déjà bien assez, vraiment. Encore merci... Vous parliez de me présenter une femme ?

— Exact. Me le permettez-vous ?

— Je ne peux pas m'absenter longtemps du veig, mais si elle vient ici, ce sera un plaisir et un honneur.

— En vérité, elle n'est qu'à quelques minutes à cheval, je peux vous y emmener quand vous le désirez.

— Vraiment ? Mais... Il n'y a rien d'aussi proche du veig...

— Je ne l'ai pas précisé, mais... Il y a de la magie en jeu. J'espère que ça ne vous dérange pas.

— De la magie ? Je pourrais assister à de la magie ? Je n'en ai jamais vu de mes yeux !

— Alors vous apprécierez peut-être cette rencontre. Celle que je veux vous présenter est une thaumaturge...

Il n'en fallut pas plus pour convaincre Taéla. Quelques minutes plus tard, elle montait Naya en croupe, juste derrière Gwyll. Elle semblait avoir hâte de rencontrer cette thaumaturge et l'excitation se lisait sur ses traits. Elle tenait fermement Gwyll par le buste malgré la lente allure de la jument qui ne tenait pas à se faire mal en portant deux personnes. Le groupe rejoignit rapidement le grand arbre. Gwyll et Taéla mirent pied à terre et le premier devança la seconde vers la racine. Il lui tendit la main et elle s'en saisit avant qu'il retraçât le symbole. L'instant d'après, ils étaient ailleurs. Elle cligna des yeux, perdit l'équilibre et fut rattrapée par Gwyll.

— Ce genre de voyage peut être déroutant, mais il n'y a rien à craindre.
— C'est... très étrange... Je... Je vais bien.

Il l'aida à se redresser et, ses esprits repris, elle contempla la pièce où elle était. Gwyll constata que l'œil et la coupe n'étaient plus sur l'autel. Ce n'était pas plus mal. Il ne s'agissait sans doute pas de ce que Taéla voulait voir en termes de magie. Nubla observait la scène, assise à son bureau de travail.

— Bienvenue chez moi. Tu es Taéla, si je ne m'abuse.
— C'est exact, répondit-elle avec excitation. Et vous, vous êtes la thaumaturge dont m'a parlé Gwyll ?

— C'est bien moi. Je me nomme Nubla, et je suis une sorcière. Je fus autrefois une habitante du veig, et comme de nombreuses femmes, comme toi peut-être, j'ai perdu ma famille par la faute de l'Aikveig.

IV – L'insurrection

*

« Tu sais à quel point je t'estime et veux honorer ta volonté, mais je n'ai que toi, et nul ne saurait prendre ta place, dans mon cœur ou sur le trône. Je ne doute pas que tu comprendras dès lors que je n'accède pas à ta requête. Je ne peux te laisser fuir ton devoir en te consacrant à l'escrime ou à quelque autre loisir. Tu es le prince de Helbbel, et tu devras, tôt ou tard, régner sur le pays comme je le fais aujourd'hui. C'est pourquoi je te l'ordonne, en tant que père et en tant que roi : reviens au palais céans avec celui qui porte ce message. »

Lettre du roi Krezac à son fils Gwalbrevil

*

— Cela fait... Deux semaines que vous êtes là ?
— Trois semaines, Aikveig, corrigea Gwyll.
— Et vous n'avez toujours pas trouvé le monstre.
— J'ai pu communiquer avec lui. Je crois qu'il sait que je peux le vaincre. C'est pourquoi il ne s'est rien passé depuis que je suis là.

L'Aikveig se renfrogna en buvant une gorgée de vin. Gwyll était désormais habitué à son odeur aigre et convaincu que cette boisson, si elle avait un goût semblable à ses relents, devait être effroyablement mauvaise. Mais ce qui l'agaçait vraiment, c'était cette habitude qu'avait l'Aikveig de fourrer son nez dans ses affaires, comme si lui demander de rendre des comptes qu'il ne devait qu'au sire Talda allait aider le veig.

— Je suis las, reprit l'Aikveig. Je ne puis me résigner à vous demander de partir, car comme vous le dites, le monstre semble se tenir à l'écart grâce à vous. Mais depuis votre arrivée, le veig devient... Différent.
— Que voulez-vous dire ?
— Croyez-vous que je sois stupide ? Aveugle peut-être ? Les femmes s'échangent des regards fuyants lorsque vous passez. Et il y a cette jeune fille qui passe définitivement beaucoup de temps avec vous.
— Elle m'aide dans ma tâche. Elle est attentive et apprend vite.
— Et elle espère que le temps venu vous lui ferez pondre un enfant ! Vous faites naître des pensées impures avec vos... Vos muscles et vos yeux de séducteur.

Gwyll ne put retenir un éclat de rire. Il ne s'était jamais vu de la sorte, et il savait très bien pourquoi les femmes se comportaient différemment. Depuis que Taéla et Nubla s'étaient rencontrées, la première avait commencé à diffuser des idées de rébellion. Elles se voyaient désormais tous les jours, et tous les jours, Taéla parlait aux autres femmes et les convainquait, lentement, de l'illégitimité de l'Aikveig, du danger qu'il représentait pour chacune d'entre elles, de l'absurdité de sa quête de pureté.

On lui avait d'abord dit de se taire bien sûr, mais en à peine quelques jours, elle avait pris une telle assurance qu'elle avait réussi à semer le doute dans l'esprit de la plupart des femmes du veig. Et puis, d'autres femmes avaient retrouvé Nubla. Dès lors, le mouvement avait pris de l'ampleur. Déjà, on songeait à remplacer l'Aikveig, à le bannir, parfois à le battre ou le fouetter à mort pour expier ses fautes. Mais Nubla, fidèle à son serment, tempérait ces propos afin qu'il n'arrivât rien à l'Aikveig. Et tout cela, l'ivrogne l'ignorait.

— Je vous prie de m'excuser, je ne crois pas être si bel homme. Et croyez bien qu'aucune volonté impure n'anime mes actes. Quand bien même Taéla souhaiterait que nous ayons une aventure, ce dont je doute, je ne le permettrais pas. J'ai seulement une tâche à accomplir, tâche pour laquelle elle m'aide avec brio.

— J'ai compris, j'ai compris. Sachez simplement que je vous ai à l'œil. Et si une relation secrète devait exister entre vous et une femme du veig, ma femme l'apprendra et me le dira. Maintenant, retournez traquer ce monstre.

Il ne se fit pas prier pour sortir de la maison, mais jeta tout de même un regard furtif à l'attention de Jilla. Il ne savait pas si elle était au fait de la révolte qui se fomentait. Si c'était le cas, elle le cachait bien. Elle n'avait pas laissé entrevoir quoi que ce fût lors de la conversation. Peu importe, songea-t-il, l'insurrection se ferait avec ou sans elle.

*

La nuit était déjà tombée depuis plusieurs heures quand, d'un pas léger, Nubla pénétra dans les quartiers de Gwyll pour la première fois. Il était attablé, en train d'écrire sur une feuille de papier à l'aide d'une plume d'oie, mais malgré sa concentration, l'arrivée impromptue de la jeune femme ne lui échappa pas.

— Je ne vous dérange pas ? demanda-t-elle.
— Je ne vous attendais pas, mais puis-je vraiment vous reprocher de vous introduire chez moi après l'avoir fait moi-même ?
— Pas vraiment, admit-elle.

Sans plus de politesses, elle s'installa sur la chaise en face de lui. S'il feignit de ne pas y faire attention, aucun de ses mouvements ne lui échappa. Elle était agile et bien plus précautionneuse que sa façon de parler, de penser puis d'agir ne le laissait supposer.

— J'ai rendu visite à l'Aikveig, commença-t-elle.
— Vraiment ?
— Pas physiquement, bien sûr. Dans son sommeil.

Elle marqua une pause et observa Gwyll, alors que celui-ci déposait sa plume. Il l'interrogea du regard avant qu'elle ne reprît.

— Je commence à le préparer à l'idée qu'il n'est peut-être pas fait pour être Aikveig. Aussi étonnant que ce soit, je n'ai pas eu beaucoup à faire pour que son rêve aille dans mon sens. Ses doutes nous aideront sûrement.

— J'admets être surpris de l'étendue de vos pouvoirs. Il n'est pas donné à tout le monde, même parmi les sorciers, de pénétrer dans les rêves.
— Le don de change-forme n'est visiblement pas mon seul don, ricana-t-elle avant de changer de sujet. Qu'il est étrange de revenir dans le veig... J'ai l'impression de ne plus lui appartenir.
— Vous ne vous en êtes pourtant pas beaucoup éloignée, ni de par vos sentiments ni de par votre magie.
— Et pourtant il m'a semblé si lointain... Peut-être ai-je eu tort de m'exiler si longtemps.
— Je ne crois pas pouvoir en juger. Tout ce que je sais c'est que vous êtes en train de faire les choses comme il faut pour le sauver.

Nubla plongea ses yeux noirs dans ceux de Gwyll, comme pour juger de son honnêteté. Il ne détourna pas le regard malgré l'impression étrange que la sorcière ne l'observait pas qu'avec ses yeux. Un long moment s'écoula en un instant, et elle se releva d'un geste désinvolte pour s'approcher de la cheminée qui flamboyait.

— J'ai besoin d'un service, annonça finalement Gwyll.

Je ne peux pas quitter le veig, mais j'ai une missive à envoyer. Je dois faire un rapport au sire Talda afin de l'informer que je me porte témoin de ce qui se passe.
— Je ne suis pas coursière.
— Non, bien entendu. Mais vous pourriez en trouver un ou une en allant dans la ville la plus proche. Ou m'autoriser à y aller sans rompre notre promesse.
— J'irai, déclara-t-elle après une hésitation. N'allez pas croire que je ne vous fasse pas confiance, ajouta-t-elle d'une voix mielleuse, mais j'aime l'idée que vous restiez ici tant que tout n'est pas terminé.

Gwyll hocha la tête et se remit à écrire. Après quelques minutes, et après avoir fait sécher l'encre avec une poignée de sable, il roula le papier, le scella, et le remit à sa complice. Celle-ci lui sourit et lui souhaita une bonne nuit avant de s'en aller. Il l'observa traverser la porte et disparaître sans laisser de trace, pour rejoindre son antre, supposa-t-il.

Dès que cette missive parviendrait au sire Talda, tout s'accélérerait. Il n'y avait plus grand-chose à faire. Les femmes étaient prêtes à renverser le pouvoir en place. Il ne manquait plus qu'un détail à régler. Le monstre devait être tué, de préférence de façon spectaculaire. Gwyll avait déjà une bonne idée de comment procéder, et Nubla avait accepté l'idée sans rechigner, consciente que cela lui donnerait la légitimité nécessaire pour prendre la place de l'Aikveig. Et cela aurait lieu dans quelques jours seulement, le temps qu'elle préparât son illusion.

*

Gwyll lâcha la bride de Naya en voyant le convoi approcher. Ce n'était pas prévu... Ces voyageurs risquaient-ils de mettre l'opération en péril ? Il devait s'assurer que non. Sa jument le suivit nonchalamment alors qu'il marchait vers le groupe, et s'arrêta lorsqu'il se mit à courir. En face, un petit homme un peu rond s'était mis à courir aussi le poing levé. Les deux hommes se foncèrent dessus et s'arrêtèrent, l'un en face de l'autre, à moins d'un pas de distance.

Le petit homme était musclé, et vêtu d'une armure de cuir clouté de plutôt bonne facture. Son visage portait les traits de l'âge, mais il souriait comme s'il avait vingt ans et faisait face à l'élu de son cœur. Sur son côté, une épée était rangée dans un fourreau de cuir sur lequel était imprimée au fer rouge la lettre K. L'espace d'un battement de cœur, les deux se toisèrent, puis ils s'élancèrent. Un choc sourd se fit entendre, avant qu'une voix grave ne s'élève.

— Alors Gwyll, tu ne t'attendais pas à me voir ici, pas vrai ?

Les deux se séparèrent de leur étreinte. Gwyll, un sourire en coin, frappa l'épaule de son ami du plat de la main.

— Et comment ! Krevil en personne vient me rendre visite dans un veig qui n'a pas de nom, sans même que je l'appelle à l'aide ! Par les dieux, il pourrait bien se mettre à neiger que je n'en serais pas plus étonné ! Que fais-tu donc ici ?

— Figure-toi que c'est le sire Talda qui m'envoie ! Il te fait savoir qu'il a bien reçu ta missive et m'envoie en témoin à tes côtés. Les deux personnes qui m'accompagnent amènent des cadeaux pour l'Aikveig... Qui qu'il ou elle soit.

— Eh bien, soit le bienvenu. Et pas un mot de tout cela devant l'Aikveig.

— Non, bien sûr que non.

Gwyll et Krevil se remirent en route, suivis de près par Naya et le petit convoi. Le temps se couvrait lentement, et pour la première fois depuis son arrivée, Gwyll eut l'impression que malgré la marche, le fond de l'air était frais. Naya avait repris son air altier, probablement pour se démarquer de l'aspect modeste des chevaux qui tiraient le chariot. Krevil reprit plus bas, pour ne pas être entendu des deux autres.

— La rumeur de la disparition du prince n'en est plus une. Le palais ne l'a toujours pas admis, mais plus personne n'est dupe. Et les recherches s'intensifient.
— Même dans le comté de Révis ?
— Oui. M'étonnerait pas que la garde royale essaie même de retourner ce veig. Ils sont aussi fins stratèges que des taureaux. Autant te dire qu'ils ne font pas les choses à moitié.
— Et le sire Talda ?
— Il est au courant de rien qu'il dit. Mais il dupe personne d'autre que la garde, s'il la dupe. D'ailleurs, il te fait dire que si tu ne souhaites pas revenir de suite après ta mission, il comprendra.
— Quel grand cœur, plaisanta Gwyll. Il sait que tant que la garde royale sera là, je n'y mettrai pas les pieds. Le plus loin je m'en tiens, le mieux je me porte.

Les deux hommes et le convoi arrivèrent à la porte du veig qui s'ouvrit pour leur laisser la place. L'Aikveig accueillit la procession avec un air mielleux qui laissait entendre qu'il savait très bien à quoi servait le chariot. Gwyll laissa là son ami avec un sourire qui communiquait un mélange d'amitié et de pitié pour le long moment de politique qui allait se dérouler avec l'ivrogne. Après tout, il avait eu sa dose de lui, et il était temps d'aller préparer l'illusion avec Nubla...

*

Le temps nuageux avait laissé place à un orage. Gwyll se doutait que c'était certainement du fait de sa complice, à des fins théâtrales. Et si ce n'était pas le cas, alors la chance était simplement de leur côté. Quelques minutes plus tôt, tout le monde avait entendu la voix de la bête résonner dans leur tête. Elle appelait Gwyll et lui intimait de venir tenter une dernière fois de protéger le veig. L'Aikveig avait hurlé qu'il était temps de cesser de fanfaronner et de montrer que Gwyll était un homme. Tout le veig s'était rassemblé devant l'entrée du village pour observer le combat et lui s'était avancé, la main sur la garde de son épée.

Un éclair déchira le ciel et la pluie se mit à tomber sur le jeune homme. En face de lui attendait une créature de plusieurs pas de long, avec des bras au bout desquels se trouvaient des griffes longues comme des sabres, des dents acérées qui luisaient sous l'effet de la pluie, des yeux rougeoyants qui laissaient penser que la créature était de nature démoniaque, le tout sous une touffe de poils épineux qui recouvrait également huit pattes velues.

— Te voilà enfin, Gwyll.

La voix résonnait dans le crâne de chacun des spectateurs. Le guerrier dégaina son épée et la pointa en avant.

— Approche, monstre ! Et péris de ma main !

L'homme et la bête se jetèrent l'un sur l'autre. Les griffes crissèrent contre le métal de l'épée. Les pattes se levaient souvent pour frapper, mais Gwyll était agile. Cependant, il ne prenait pas l'ascendant et parer occupait toute son énergie. Bientôt tout le monde se rendit compte qu'il ne pouvait répliquer. Ce serait à celui qui s'épuiserait le plus tôt, et une telle bête devait être vivace.

Gwyll esquiva un coup de dents. Lui-même n'était plus sûr d'être face à une illusion. La violence des coups, le vent qu'ils déplaçaient... Mieux valait qu'il ne faiblît pas. Il repoussa les griffes d'un coup d'épée et fit un pas en arrière. La bête se cabra sur ses quatre pattes antérieures. C'était une ouverture. Il fonça, l'épée en avant, mais ne put traverser l'épaisse toison. Il esquiva un coup. L'assemblée était muette d'inquiétude. Même l'Aikveig semblait avoir décuvé malgré une odeur d'urine qui s'échappait de lui.

Gwyll para un nouveau coup de patte, mais cette fois, il ne put retenir son épée. Elle fut projetée à plusieurs pas de là. Il était désarmé. Lui était tombé sur le sol, face à son ennemi. La bête leva les griffes, et Taéla hurla.

— Pitié !

Comme en réponse à son appel, un éclair s'abattit sur la bête qui recula en chancelant. Les nuages commencèrent à tourner autour d'elle et la voix de Nubla s'éleva avec une puissance telle que toute la plaine devait en être remplie.

— Ne meurs pas, Gwyll, pas aujourd'hui. Cette créature ne causera plus jamais de tort, ni à toi ni au veig !

Du centre des nuages tomba une colonne de feu qui s'abattit sur la bête. Cette dernière hurla de douleur et recula en agitant les bras. La colonne de feu se décala sur le sol et en son centre apparut Nubla, dans une robe de sorcière noire, relevée de coutures d'or. De ses mains sortit un feu si chaud que la pluie n'atteignait plus le sol. Toute l'assemblée put sentir l'odeur de la chair brûlée du monstre. Dans un cri horrible, il tomba en cendres aux pieds de la sorcière.

Elle s'approcha de Gwyll et lui tendit la main pour l'aider à se relever. Il accepta après une hésitation et récupéra son épée. La pluie s'était remise à tomber, mais personne n'osait bouger. Nubla s'approcha de l'assemblée et l'Aikveig, d'une voix mielleuse, s'exclama :

— Merci de nous avoir sauvés, noble thaumaturge ! Que pouvons-nous faire pour...

Il se tut en reconnaissant la femme dont il avait fait tuer le mari et l'enfant à naître. Son teint habituellement si rouge semblait celui d'un cadavre. Il reprit, paniqué :

— Je... J'ignorais que tu...

— Je me moque de tes excuses, Toyek. Ce que tu as fait, tu ne peux le défaire. Mais il n'est pas trop tard pour te racheter.

— Je ferai n'importe quoi ! Je te donnerai ce que tu voudras !

— Vraiment ? Alors je vais te le demander, devant témoins. Vous avez tous vu que j'étais à même de protéger ce veig, bien plus que n'importe qui d'autre. Je viens de le sauver malgré ce qu'il m'a fait. Je pense donc être digne, Toyek, de prendre ta place en tant qu'Aikveig.

Ébahi, il ne réussit pas à répondre tout de suite. Il commença à s'offusquer, déclarer que personne ne pouvait lui demander cela, mais Jilla posa la main sur son épaule. Il la regarda, d'un air interrogateur, et remarqua enfin que toutes les femmes du veig s'étaient rangées derrière Nubla.

— Tu devrais accepter. Ce sera mieux pour tout le monde. Tu m'en parlais il y a quelques jours, tu n'étais pas sûr d'être fait pour être Aikveig. Cela t'a travaillé jusqu'à aujourd'hui. Tu as une chance de passer à autre chose. Saisis-la. Et puis... Au vu de ce qu'elle a fait au monstre... Je ne veux pas qu'il t'arrive la même chose.

V – Fuite

*

« Bien entendu, une mission ne devra être exécutée que si elle est légale. Nul contrat ne peut vous obliger à enfreindre la loi. Dans le cas où vous décideriez de l'ignorer, l'Ordre ne saura prendre votre défense. En cas de litige avec le mandataire en revanche, l'Ordre se porte garant de vous et vous protégera des éventuelles sanctions abusives. Quant à vous, vous vous engagez à mettre à disposition du mandataire l'intégralité de vos capacités pour accomplir la mission qui vous est donnée. Dans le cas contraire, l'Ordre se verrait obligé de vous radier et de vous retirer vos droits et vos titres. »

Extrait du règlement de l'Ordre des Chasseurs d'Argent

*

— Merci, Gwyll. Merci infiniment pour votre aide.
— Avec plaisir, nouvelle Aikveig. Confirmez-vous que j'ai fini ma mission ?
— Tout à fait. Je vous libère de votre serment.

Gwyll serra la main de Nubla et sortit de la maison de l'Aikveig. Celle-ci avait été débarrassée des fientes qui la recouvraient et elle resplendissait désormais, à l'image de la femme qui l'habitait. Il rejoignit l'écurie et commença à s'occuper de Naya, qui apprécia d'être brossée convenablement. Alors qu'il finissait son ouvrage, Krevil se présenta à l'ouverture de la stalle.

— Salutations, lança-t-il à son ami.
— Comment vas-tu, Krevil ?
— Fort bien, je pense partir bientôt. Je suppose que tu ne vas pas tarder non plus.
— Je suis effectivement sur le départ. J'irai chercher mes affaires dès que j'aurai sellé Naya.
— Tu fais bien. Il semblerait que la garde royale arrive. Ils seront là d'ici une heure.

Il marqua une pause et déposa une bourse à côté de son ami.

— De la part du sire Talda. Pour le service rendu.
— Merci, dit-il en s'en emparant. Excuse-moi de ne pas pouvoir rester plus longtemps en ta compagnie, Krevil. Tu sais que j'aimerais passer plus de temps avec toi.
— Je vais me mettre à pleurer si tu continues. Tu vas me manquer, mais je te retrouverai à un moment ou à un autre. Je suis meilleur pour ça que la garde royale !

Les deux hommes eurent un rire sonore et se donnèrent l'accolade. Krevil sortit, et après quelques minutes, Gwyll fit de même. Il se rendit dans ses quartiers et, alors qu'il rangeait méthodiquement ses affaires dans son paquetage, quelqu'un frappa à la porte. Il ouvrit à Taéla qui lui offrit une étreinte.

— Merci, Gwyll. Merci pour tout ce que tu as fait pour le veig.
— Ce n'est pas moi qui ai fait le plus. Même par rapport à toi. Tu es une héroïne secrète.
— Arrête, rougit-elle. Sans toi, rien de tout cela ne serait arrivé. Nubla m'a raconté la vérité. Sur le prétendu monstre. Je sais donc que c'est toi qui l'as convaincue de changer de méthode.
— Je suis démasqué, s'amusa-t-il.
— Gwyll... J'aimerais te demander quelque chose.
— Je t'écoute ? Si c'est pour une demande en mariage, j'ai juré à Toyek que je refuserais tes avances.
— Quoi ? T'épouser ?
— Ce n'est rien, il était ivre, encore. N'y prête pas attention. Que voulais-tu me demander ?
— Tu es un chasseur d'argent, n'est-ce pas ? souffla-t-elle finalement, les joues rosies par la gêne.

— Exact.

— Peux-tu... m'apprendre ?

Il la toisa un long moment et se remit à ranger ses affaires.

— Es-tu lettrée ? lui demanda-t-il finalement.

— Je sais compter et un peu lire et écrire. Mon père n'a pas eu le temps de tout m'apprendre, mais je peux décrypter un livre de comptes ou un texte simple.

— Ce pourrait être suffisant. Sais-tu te battre ?

— Pas encore.

— Pas encore, hein... Je vois. En combien de temps peux-tu être prête à partir ?

— J'ai un paquetage, je suis déjà prête !

Gwyll hocha la tête, ferma son propre paquetage, et tendit la main à Taéla pour sceller leur accord. Elle versa une larme de joie, mais se reprit. Il lui fallait être forte dorénavant. Gwyll sourit et sortit de la maison.

— Nous partons dès maintenant. La garde royale va arriver, et tu apprendras vite que je ne veux pas avoir à faire à eux.

— Pourquoi cela ?

— Et tu apprendras aussi que je ne te parlerai de moi que lorsque je m'en sentirai l'envie. Et que je ne suis pas quelqu'un d'amusant. Si tu tiens le rythme pendant quelques semaines, peut-être que je te présenterai à l'Ordre. Tu as un cheval ?
— Non...
— Allons voir l'Aikveig.

Il ne fallut pas longtemps à Gwyll pour convaincre Nubla de fournir à Taéla une jument. Après tout, c'était plus sûr pour tout le monde. Le secret serait mieux gardé ainsi. Avant qu'ils s'en aillent, Nubla retint Gwyll par la main et l'approcha d'elle. Leurs visages se touchaient presque. N'importe qui d'autre aurait eu l'impression qu'ils étaient sur le point de s'embrasser. Pourtant, Nubla se contenta de murmurer :

— N'oublie pas, je connais aussi ton secret. Ne me trahis pas.
— Je pensais que nous avions dépassé le stade des menaces. Je ne dirai rien. Mais ne dis rien non plus.

D'un geste doux, il se retira de l'étreinte et rejoignit une Taéla interloquée. Gwyll ne lui dit rien de plus et l'aida à seller son cheval. Le temps passait vite. Il leur fallait partir. Ils montèrent et se dirigèrent vers la porte du veig qui arborait dorénavant une pancarte notée Steg-Angwi. C'était la seconde résolution de la nouvelle Aikveig, la première ayant été d'abolir la loi puritaine. Non loin, une procession bardée d'or et d'argent approchait. Ils partaient juste à temps.

— Si l'on vous demande, nous partons vers Békops, lança-t-il au portier.

Et Naya s'élança, suivie par Belan, la jument de Taéla. Après quelques heures, Taéla s'approcha de Gwyll.

— Ce n'est pas la direction de Békops…
— Non, effectivement, nous allons à Polkras essayer de trouver une nouvelle tâche à accomplir et, au passage, te dénicher une arme que tu puisses apprendre à manier. Je t'imagine bien à la hache…
— C'est une arme d'homme, non ?
— Pourquoi faire cette distinction ? Je t'ai déjà vue couper du bois. Tu es capable de te servir d'une hache. Si tu fends le crâne d'un de tes adversaires comme tu fends une bûche, crois-moi, femme ou pas, tu seras efficace. Bien sûr, ce n'est pas la même chose, mais tu te rendras vite compte qu'il y a des similitudes.

Elle marqua une pause, sûrement pour prendre en compte ces informations. Après tout, c'était une jeune femme qui n'avait pas l'expérience de la mort. Peut-être avait-elle blêmi, ou froncé les sourcils. Gwyll ne se retourna pas pour vérifier.

— D'accord... fit-elle finalement. Moi qui m'imaginais avec une dague ou un arc...
— Quand tu sauras te servir d'une hache, tu pourras apprendre l'arc en complément. Mais si tu ne sais te battre qu'à distance, que feras-tu contre un ennemi qui s'est approché ? Quant aux dagues... Disons juste que cela ne me plaît pas. Ce sont des armes d'assassins. Et j'abhorre les assassins et leurs méthodes de couards.

Il n'y eut pas de réponse, mais quand il la regarda, Taéla souriait, pensive. Gwyll en conclut que d'une façon ou d'une autre, sa position ne lui déplaisait pas. Peut-être était-ce l'idée de pouvoir se battre d'égal à égal avec un homme ? Ou simplement de ne pas s'être engagée à suivre un assassin ? Quoi qu'il en fût, cela convenait très bien au jeune homme.

Le soir, à quelques pas de leur campement, il lui donna sa première leçon de combat. Il lui apprit à se placer et se mouvoir correctement pour être aussi vive qu'un serpent. Bien sûr, il lui faudrait de l'entraînement, mais elle avait un bon esprit pratique et avait assez vite compris l'intérêt de telles techniques. Dès le lendemain, la routine fut installée. Voyage en journée, entraînement le soir. Ils traversèrent les grandes plaines du comté de Jakis, en longeant l'Angwi vers le nord. Cela dura quatre jours, où ils parlèrent peu et ne croisèrent nul voyageur, et après lesquels les deux voyageurs arrivèrent à Polkras, la plus grande cité du comté.

Le veig, à quelques lieues de la frontière de Sonne, était habité par le commerce. De longs murs de pierre grise ceignaient une ville riche, rendue célèbre par la statue gravée de Bheldhéis, dont la sainte Église régnait en maître sur les Polkrassiens. En effet, le temple dominait la place centrale, et nul ne pouvait l'ignorer. Il était même devenu un lieu pèlerinage pour les plus fervents croyants.

Gwyll et Taéla laissèrent leurs juments à un palefrenier et ils se firent mener à la plus grande taverne du veig. Une fois arrivés, ils commandèrent à manger. Le bouillon de bœuf dans lequel avaient mariné la viande et les légumes fut particulièrement bien accueilli par Taéla, qui s'était bien vite lassée de la viande séchée. D'un air nonchalant, Gwyll pointa du doigt le tableau d'affichage sur lequel un certain nombre de feuilles de papier était attaché.

— C'est là que nous trouverons ce que nous allons faire, en évitant soigneusement les chasses à l'homme et autres requêtes qui pourraient s'avérer illégales ou trop risquées pour toi.
— Je vais voir !

Elle se leva et parcourut lentement les différentes offres et annonces, le plus souvent en posant le doigt sous les lettres pour mieux les déchiffrer. Gwyll la laissa faire, un sourire en coin sur les lèvres. Elle était volontaire et cela lui plaisait. Il avait presque fini de vider son écuelle quand elle revint s'asseoir en face de lui.

— Je pense avoir trouvé ! Il s'agit d'une famille dont le fils a disparu il y a deux jours ! Nous pourrions les aider, n'est-ce pas ?
— Possible. Il nous faudra plus d'informations pour le retrouver.
— L'annonce indiquait une chambre de la taverne où trouver le mandataire !

— Parfait, finis de manger. Nous irons ensuite te trouver une arme avant de le rencontrer.

*

Les pièces d'or glissèrent sur le comptoir. Le forgeron vérifia qu'elles étaient authentiques et hocha la tête.

— Pour une hache légère, je vous conseille celle-ci. Le manche est en frêne, et la tête de mon meilleur acier. Il y a de quoi trancher un os net. Et s'il y a une armure épaisse, n'hésitez pas à frapper du mail plutôt que du taillant pour préserver ce dernier. Je peux vous assurer que les dégâts seront difficiles à réparer.
— Essaie-la, Taéla.

Elle prit le manche entre ses mains et soupesa l'objet. Gwyll observait l'arme. Elle était de très bonne qualité. Il ne doutait pas que Taéla apprît vite à s'en servir, vu la vitesse à laquelle elle avait maîtrisé les techniques de déplacement. Elle se mit en garde et donna un coup de taille en l'air.

— C'est très différent d'une hache pour le bois.
— En effet, dit le forgeron, cette hache d'armes est équilibrée pour le combat. Le taillant est à double tranchant pour une meilleure efficacité. Quant au

manche, le frêne a été choisi parmi les meilleures essences. Il est équilibré pour faciliter les coups puissants. Si elle n'a pas été pensée pour une femme spécifiquement, c'est certainement la hache la plus adaptée pour une morphologie plus frêle que celle du guerrier moyen.

— Je l'aime beaucoup. Qu'en penses-tu, Gwyll ?

— Laisse-moi l'essayer.

Gwyll récupéra l'arme et fit quelques mouvements simples, puis il hocha la tête.

— C'est effectivement une bonne arme. Trop légère pour moi, mais parfaite pour toi, je crois. Nous vous la prenons.

Gwyll rangea sa bourse et, derrière les politesses du forgeron, les deux sortirent de l'échoppe. Il mena Taéla à la sortie de la ville et lui apprit quelques mouvements pour qu'elle sût se défendre. La hache lui allait comme un gant. Elle se mouvait avec l'élégance et la vivacité d'un chat. Gwyll mena quelques assauts, et elle s'en défendit avec un talent qu'il n'attendait pas d'elle.

— Eh bien, dit-il, je crois que tu es déjà bien à l'aise avec ton arme.

— Tu trouves ? J'ai l'impression d'être très maladroite...

— C'est la première fois que tu manies une hache d'armes, l'inverse aurait été... Effrayant. Mais tu t'en sors déjà bien mieux que je ne l'aurais cru. Je ne sais pas comment tu fais, mais continue comme ça.

— Je vais... Continuer d'essayer de t'imiter, alors.

Le rouge piqua les joues de Gwyll qui ne s'attendait pas à cette réponse. Mais il détourna vite la conversation en disant qu'il était plus que temps de rendre visite au mandataire s'ils souhaitaient pouvoir retrouver le pauvre fils perdu. Taéla hocha la tête et ils se mirent en route vers la taverne. L'annonce se trouvait toujours sur le panneau d'affichage. Les deux compagnons montèrent à l'étage et ce fut Gwyll qui, une fois arrivé devant la porte, frappa trois coups secs. Une voix leur intima d'entrer. Il poussa la porte et annonça en entrant :

— Je viens pour vous aider à retrouver le fils perdu.

Il se figea soudain devant le spectacle. Quatre hommes étaient assis sur des chaises autour d'une table. Sur les lits, des casques d'or et d'argent et leurs armures assorties. La porte se ferma devant Taéla et un cinquième homme, encore en armure de la garde royale, sourit à Gwyll.

— Eh bien, nous ne nous attendions pas à vous trouver ici...

VI – Réponses

*

« Je n'accepterai pas qu'un elfe fasse partie du Conseil de l'Ordre. Nous aurions dû finir le travail tant qu'il en était encore temps. L'âge de la Chasse est peut-être terminé, mais nous serons toujours ennemis. Les mille ans de vie d'un elfe le rendent abominable. S'il souhaite faire partie de l'Ordre, qu'il soit un simple chasseur, et se coupe les oreilles pour montrer qu'il est de bonne volonté. Autrement, à mes yeux et aux yeux de tous les êtres humains sensés, il ne sera rien d'autre qu'un ennemi, ne serait-ce que parce qu'il se souviendra toujours de ce que nous avons fait à ses frères. »

Lettre anonyme à l'Ordre des Chasseurs d'Argent

*

— Je ne comprends pas, je suis Gwyll, chasseur d'argent, je viens pour vous aider à retrouver l'enfant perdu.
— Inutile de jouer la comédie. Nous savons qui vous êtes. Alors c'est vrai, vous vous êtes enfui de vous-même...

— Je ne sais pas de quoi vous parlez, bégaya Gwyll. Si vous n'avez pas besoin de moi, je...
— Silence, mon Prince. Nous avons autorité du roi Krezac pour vous arrêter, vous mettre aux fers si nécessaire, et vous ramener au palais royal dans les plus brefs délais. Quoi que vous disiez, votre visage trahit votre ascendance royale, et il nous a été communiqué un signe distinctif qui ne trompe pas.

Il pointa du doigt la main de Gwyll et celui-ci se renfrogna. C'était la deuxième fois qu'il était trahi par cet anneau. Pourtant, il ne pouvait se résoudre à le retirer. C'était un allié trop puissant, et un cadeau trop précieux pour risquer de le perdre. Cet anneau était une marque secrète de royauté, mais surtout, absorbait toute la magie qui pourrait nuire à son porteur. Il baissa la tête.

— Alors, comment vont se dérouler les choses ? On va me conduire au palais et tout rentrera dans l'ordre ?
— Quelque chose comme ça, oui. À moins que vous ne résistiez, auquel cas il nous faudra user de la force, vous enchaîner et finir l'histoire comme vous l'avez décrite. C'est vous qui choisissez, avec ou sans les chaînes.

— Je vois... Puis-je au moins partager votre table ? Je suppose que nous ne nous mettrons en route que demain.
— Vous supposez mal, mon Prince, nous nous mettrons en route dès ce soir. Mais oui, asseyez-vous donc.

Les quatre autres soldats s'écartèrent pour faire place au prince. L'un se plaça devant la fenêtre, et le premier devant la porte. Il mangea dans le calme, faisant travailler sa tête. Il n'aurait même pas la nuit pour essayer de s'évader. Quant à Taéla... Au moins, elle était restée dehors. Avec un peu de chance, elle retournerait à Steg-Angwi et reprendrait une vie normale. Elle n'aurait qu'à revendre sa hache, ou même la garder en souvenir de cette courte aventure qu'elle avait vécue. C'était probablement la meilleure chose qui puisse lui arriver.

*

D'un pas lent, ils avançaient dans les rues désertes de Polkras. La pleine lune éclairait les rues d'une lueur bleutée plus douce que l'eût fait le soleil en cette saison. Pourtant, Gwyll y voyait presque comme en plein jour. Seuls les cliquetis des armures d'or et d'argent faisaient concurrence aux miaulements éperdus d'un chat errant.

Le plus gradé des cinq gardes ouvrait la marche, suivi de près par deux de ses hommes. Gwyll était coincé entre eux et les deux derniers qui le talonnaient. Il avait beau chercher, il ne voyait aucune porte de sortie. Quand bien même il réussissait à échapper à la vigilance de la garde royale, sans sa jument, il n'irait pas loin, et ils auraient tôt fait de retourner tout le veig pour le retrouver.

Soudain, il y eut un coup de tonnerre. Le ciel se couvrit de nuages en quelques instants, la pleine lune ne laissa plus paraître sa superbe lumière et des gouttes de pluie firent sonner les armures de métal. Cet orage inattendu ne parut pas inquiéter les chevaux outre mesure, mais les cinq gardes qui leur tenaient la bride s'arrêtèrent un instant.

— De l'orage ? Ce soir ?
— Le ciel était si clair, fit le gradé d'un air déconcerté... La route va être longue s'il se met à pleuvoir.
— Tu dis ça comme si c'était normal !
— Et qu'est-ce que tu veux que j'y fasse ? Les dieux ont leurs raisons. Avançons.

Ils arrivèrent au niveau de la grande porte du nord de Polkras. Le gradé fit un signe pour arrêter la marche. Une silhouette se détachait vaguement de l'ouverture. Il appela pour demander à la personne de s'écarter du chemin. Il y eut un éclair et Gwyll crut reconnaître Nubla. L'instant d'après, il se jetait sur le sol. La foudre s'abattit sur le premier garde et rebondit de casque en casque. Les cinq hommes s'effondrèrent, et Gwyll se releva. Il vérifia rapidement qu'ils étaient en vie et constata qu'ils étaient seulement inconscients. Leurs chevaux se dispersèrent et Gwyll s'approcha de la porte, d'où Nubla avait disparu.

— Ici !

Gwyll se tourna vers l'origine de l'appel et vit Taéla, tenant la bride à Naya et Belan. Ils montèrent sur leur jument respective et partirent au galop vers l'Angwi. Après quelques minutes de chevauchée, Gwyll fit légèrement ralentir Naya pour se mettre au niveau de Taéla.

— Merci, commença-t-il. Merci infiniment. Mais... pourquoi n'as-tu pas fui ?
— Si je veux devenir une chasseuse d'argent, j'ai tout intérêt à me montrer courageuse !

Elle eut un sourire fier qui força Gwyll à l'accompagner.

— Eh bien, je dois admettre que tu n'as pas froid aux yeux. Allez, continuons vers l'Angwi. De là, ils ne pourront plus nous pister et nous pourrons retourner vers Steg-Angwi. Je crois que nous avons quelqu'un à aller remercier là-bas.

Ils atteignirent rapidement le fleuve et durent ralentir pour que les chevaux pussent avancer dans l'eau. Ils mirent pied à terre pour avancer à leur côté. L'orage s'était calmé, mais l'Angwi était un peu plus haut qu'à son habitude. Le sol boueux derrière eux était maintenant effacé par le courant et il ne leur faudrait supporter qu'une petite heure de marche pour remonter en selle.

— Je dois te dire quelque chose, avoua Taéla à peine assez fort pour que Gwyll pût l'entendre.
— Quelque chose ne va pas ?
— Je vous ai entendus parler à travers la porte de l'auberge quand tu t'es fait enfermer. Je... Je sais qui tu es.

Gwyll se figea et fixa Taéla, dubitatif. Celle-ci s'arrêta à son tour, visiblement inquiète de sa réaction. Elle devait penser qu'il allait la renvoyer... Il n'en fit rien. Il se mit à sourire gaiement et reprit la marche.

— Visiblement, ça n'a rien changé à ta façon de me voir. Tu ne m'appelles ni mon Prince, ni Majesté, et tu m'as quand même aidé à m'enfuir. Je crois donc pouvoir te faire confiance pour ne rien révéler à qui que ce soit.

— Bien sûr ! Je serai muette comme une tombe !

— Je te crois.

Il n'avait de toute façon pas le choix. Qu'elle sût son secret ne l'enchantait guère, mais l'abandonner n'était qu'un risque supplémentaire d'être dénoncé. Quant à la tuer, il n'en était pas question. Sa liberté ne valait pas une vie, surtout pas une vie aussi innocente. S'il rechignait déjà à tuer un monstre ou un meurtrier, Taéla était loin de toute menace de sa part.

Elle semblait d'ailleurs s'être détendue, à tel point qu'elle finit par demander :

— Pourquoi as-tu fui ?

— Je me demandais si tu réussirais à ne pas poser la question, soupira Gwyll. C'est compliqué à expliquer. On attend de moi que je devienne un roi, que mes décisions impactent tout Helbbel. On attend de moi que je sois capable du meilleur pour mon peuple. Chaque erreur peut engendrer révoltes, famines, guerres, chaque mot doit être étudié avec attention. Un roi ne peut laisser libre cours à ses émotions. Il doit maîtriser sa colère, être juste même lorsque cela va à l'encontre du bien de ceux qu'il aime… Je ne suis pas capable de tout ça. Je ne suis bon qu'à être un chasseur d'argent, et ça me convient très bien. Je ne veux pas détenir de terres, encore moins tout un pays. Je ne veux pas que des familles entières dépendent de ma volonté.

Il y eut un long silence. Taéla semblait dans ses pensées et Gwyll se demandait s'il n'en avait pas trop dit. Pourtant, il se sentait mieux d'avoir pu exprimer tout cela. Seul Krevil connaissait ces sentiments de sa part, même le sire Talda, complice de la disparition du prince, ignorait le motif de sa fuite. Il jeta un œil derrière lui et sourit.

— Tu ne me reproches pas de fuir ?
— Je… J'en serais bien hypocrite. Comment pourrais-tu m'enseigner les rudiments du combat et me faire découvrir ce qu'est de chasser l'argent si tu étais sur le trône ? C'est peut-être égoïste, mais j'aime te savoir libre pour m'apprendre ce que je veux apprendre.

— Voilà une réponse à laquelle je ne m'attendais pas, avoua Gwyll.
— Elle te plaît ?
— Elle semble honnête, c'est tout ce qui m'importe.

Il ne fallut guère beaucoup plus de temps aux deux compagnons pour se remettre en selle, et dès lors, la conversation fut terminée. Gwyll, apaisé, menait toujours, mais l'allure était plus tendre pour les juments. Lorsqu'ils s'arrêtèrent enfin, le jour se levait déjà.

*

Il était plus de midi et le soleil de plomb avait repris son trône impitoyable au-dessus de la plaine quand, après plusieurs jours, Gwyll et Taéla arrivèrent à Steg-Angwi. Il s'était écoulé un peu plus d'une semaine depuis leur départ et Gwyll escomptait que depuis, la garde royale eût rebroussé chemin. Le portier lui confirma qu'il avait eu raison, qu'elle était repartie depuis plusieurs jours déjà, pour rejoindre Békops. Le subterfuge avait parfaitement fonctionné. Ils emmenèrent leurs juments aux écuries et s'occupèrent d'elles avant d'aller frapper chez l'Aikveig. Nubla leur ouvrit sans la moindre marque de surprise.

— Avez-vous fait bonne route ? demanda-t-elle.
— Je crois, dit Gwyll, que nous devons discuter de quelque chose, Nubla.
— Entrez. Un repas vous attend.
— C'est précisément ce qui m'inquiète...

Ils ne se firent cependant pas prier pour passer à table. Le silence ne fut rompu qu'après de longues minutes passées à se rassasier. Taéla regardait les deux autres, attendant visiblement que l'un des deux lance cette conversation qui tenait tant à cœur à Gwyll. Ce fut ce dernier qui déclara :

— Tu possèdes toujours l'œil de sang, n'est-ce pas ?
— Tu t'en soucies ?
— Si tu t'en sers pour m'observer, alors oui. Tu as été claire, il attire l'attention. Or, je n'ai surtout pas besoin que l'on attire l'attention sur moi.
— Pourtant, heureusement que je t'observais, ou je n'aurais pas pu venir t'aider. Avec plaisir, d'ailleurs.
— Il est vrai que je ne t'ai pas remerciée. Pardonne-moi. Cette histoire me tracasse. Vous connaissez maintenant toutes les deux mon secret. Plus il y aura d'attention sur moi, plus il me sera difficile de me cacher.

— Mais pourquoi souhaites-tu tant te cacher ? Tu es un Prince, tu pourrais faire tout ce que tu désires. Au lieu de cela, tu t'imposes une vie éprouvante qui te met en danger... Je ne te comprends pas, Gwyll.

— Je ne te demande pas de me comprendre, seulement de ne pas être un danger pour moi. Détruis cet œil. Il n'apportera rien de bon à personne.

— Le détruire rendrait presque inutile la mort de nombreuses personnes. Mais très bien, j'arrêterai de t'observer au travers de lui. C'est promis.

— Et d'ailleurs... Pourquoi m'observais-tu en premier lieu ?

— Je voulais savoir ce que devenait le sauveur de Steg-Angwi.

— C'est tout ?

— Tu devras t'en satisfaire, je le crains.

Ils finirent leur repas dans un silence presque religieux. Gwyll soupirait intérieurement. Il ne comprenait rien à cette femme. Mais au moins, elle avait juré de cesser de l'observer avec cet œil de sang. Quant à Taéla, elle s'était contentée d'écouter la conversation. Elle n'avait rien dit qui puisse le mettre dans l'embarras ou en révéler plus que Nubla n'en savait. Finalement, le résultat de cette visite était positif. Il pourrait avoir l'esprit tranquille.

— Combien de temps restez-vous ? demanda finalement Nubla.
— Nous ne restons pas. Nous avons de la route à faire et je ne souhaite pas m'attarder. Et puis, Taéla a encore beaucoup à apprendre.
— Très bien. Dans ce cas, permettez-moi au moins de vous donner un peu de vivres.
— Nous pouvons les acheter…
— Ce ne sera pas nécessaire, vous avez sauvé le veig au moins autant que moi. Ici, vous serez toujours bienvenus et traités avec autant de reconnaissance que possible.

Gwyll ne parvint pas, malgré ses tentatives de négociations, à décliner le cadeau. Il se refusait à se montrer rustre, et cela l'obligea à accepter finalement. Lorsqu'il se remit en selle, ce fut alourdi de plusieurs rations de poisson séché, de fromage salé et de biscuits. Taéla s'était montrée plus enthousiaste à l'idée de manger autre chose que de la viande séchée, aussi Gwyll avait-il décidé que ce serait elle qui profiterait de ces denrées.

Ils chevauchèrent donc vers Heklan, capitale du comté de Révis. L'entraînement à la hache de Taéla se déroulait admirablement. Si elle n'était pas la plus forte des femmes, elle apprenait vite les techniques et les mouvements et son jeu de jambes était désormais celui d'une vraie combattante. Elle avait du talent, pour sûr, songeait Gwyll. Il en était presque jaloux. Il lui avait fallu plus d'un mois pour maîtriser ces mouvements qu'elle avait appris en quelques semaines. Et un mois de plus pour tenir une arme avec autant d'efficacité.

— Tu es peut-être bien faite pour être chasseuse d'argent, déclara-t-il un soir.

— Tu crois ?

— Si tu avais appris à manier ta hache plus tôt, tu serais probablement bien meilleure que moi. Tu l'as dans le sang, Taéla. C'est… impressionnant, je dois l'avouer.

— Merci, bredouilla-t-elle. Je ne pensais pas pouvoir t'impressionner.

— Eh bien tu as pu. Et je ne le dis pas que pour te faire un compliment. Tu es bonne élève et je dois dire qu'être ton professeur est loin d'être l'épreuve que j'imaginais.

— Tu vas me faire rougir...
— Désolé, je ne voulais pas te mettre mal à l'aise.
— Ce n'est pas cela, mais... comment dire... c'est la première fois que je suis félicitée pour mon apprentissage. Pour mon père, il était normal que j'apprenne son métier. Alors il me réprimandait pour ce que je n'arrivais pas à faire, mais je ne crois pas qu'il m'ait jamais félicitée.
— C'est parfois dur pour un père de dire ce qu'il faut à son enfant. Le mien est... Peut-être trop démonstratif. Ah, ça, je n'ai jamais eu le moindre doute sur le fait qu'il m'aime. Mais il a toujours été... étouffant.
— Je suppose qu'il faut trouver un équilibre. J'y réfléchirai si j'ai des enfants un jour. Mais si je deviens chasseuse d'argent, ce ne sera sans doute pas le cas. Je ne veux pas risquer de mourir et de laisser des enfants derrière moi.

Il y eut un silence et seul le crépitement du feu habillait la nuit. Après un instant, elle reprit.

— Merci, Gwyll... Je sais que tu ne seras jamais mon père, mais... merci de m'apprendre quelque chose, de m'aider à grandir.

Gwyll ne répondit pas. Il n'y avait pas besoin de réponse. Qu'aurait-il pu dire ? Il ne serait effectivement jamais son père, ni même un père de remplacement. Ce n'était pas ce qu'il cherchait. Après tout, s'il avait accepté, ce n'était pas pour remplacer qui que ce soit. Ce n'était pas simplement qu'il avait cédé à un caprice d'adolescente. Ce n'était pas un coup de tête non plus. Finalement, il se décida à lui révéler ce qu'elle était pour lui, et la raison pour laquelle il l'avait accueillie à son côté. Il la regarda dans les yeux et, un grand sourire aux lèvres, il lui dit :

— Merci à toi. Je suis ravi d'avoir une amie telle que toi à mes côtés. Merci, car maintenant, je ne suis plus seul.

VII – Épreuve

*

« Les sorciers occupent une place à part. Ils ne se contentent pas de pouvoir maîtriser la magie comme chacun le peut. Ils y ont une affinité instinctive qui leur permet, dès leurs onze ans, de réaliser des prodiges sans formation. On repérera souvent un sorcier par sa faculté à faire léviter des objets, à faire rougeoyer des braises éteintes ou encore à interdire la parole à un autre enfant. De par leur différence, ils sont souvent rejetés des autres, aussi la solitude peut être un des signes précurseurs à surveiller. »

Thaumaturgie, Mages et Sorciers, de Bilgorn Ferroy

*

Heklan était sans nul doute le plus grand veig de la région. Ses murs fortifiés entourés de champs, de pâtures et de vignes ceignaient une capitale hétérogène, où les demeures de nobliaux, cernées d'or, côtoyaient les bâtisses artisanales et les silos à grain. Taéla ne semblait cependant pas décontenancée, et Gwyll dut se rappeler qu'elle était fille de marchand. Elle avait sans doute déjà visité pareil veig, sinon Heklan lui-même.

— Où allons-nous ? demanda-t-elle.
— Au siège local de l'Ordre des Chasseurs d'Argent.
— Je vais pouvoir voir à quoi il ressemble de l'intérieur !
— Normalement, oui. Le siège est habituellement ouvert aux visiteurs.
— J'ai hâte !

Sa soif de découverte fut épanchée quelques minutes plus tard alors qu'ils entraient dans le grand bâtiment. Il était vieux, mais d'une robustesse qui semblait à toute épreuve. Tout y était massif, des colonnades à la cour, du réfectoire à l'aile administrative. C'est vers cette dernière que se dirigea Gwyll. Il frappa à une porte et alors qu'une voix lui intimait d'entrer, il pria Taéla de l'attendre. Il pénétra dans un bureau où un scribe était en train de gratter un vélin. Ce dernier leva les yeux un instant, se remit à écrire quelques secondes et posa sa plume.

— Que désires-tu, Gwyll ?
— Bonjour, Kestran, je viens pour une recommandation.
— Tiens donc, tu t'es trouvé un compagnon ?

— Elle s'appelle Taéla. Elle est novice, mais elle apprend plus vite que beaucoup d'entre nous.

— Elle ? Très bien. Est-elle lettrée ?

— Pas assez pour être scribe, mais suffisamment pour être chasseuse d'argent.

— Très bien. Je vais faire la demande. Tu attestes te porter garant pour le temps de sa formation, je suppose ?

— Je l'atteste.

Le scribe attrapa une feuille de papier et commença à griffonner dessus. Au bout de quelques minutes, il invita Gwyll à signer.

— Je m'occupe du reste des formalités. Repassez demain. Elle aura une petite épreuve pour voir ce dont elle est capable.

— Parfait. Merci.

Il salua le scribe et ressortit de la pièce. Taéla se trouvait en face de la porte, appuyée contre le mur. Elle semblait se contenir. Rien d'étonnant, elle était dans un endroit dont elle avait rêvé pendant des semaines. Il lui fit signe de le suivre et ils reprirent leur marche.

— Nous reviendrons demain, lui expliqua-t-il. Pour toi. Je t'ai recommandée.

— Tu penses que je suis prête ? s'enquit-elle, peu sûre d'elle.

— Si je le pense ? Je n'en ai aucun doute.

Elle offrit un grand sourire à son mentor. Comme si toute forme de crainte l'avait abandonnée, elle s'exclama :

— Je n'arrive pas à y croire !

— Ce sera plus réel demain, s'amusa Gwyll. En attendant, viens, nous allons voir le sire Talda.

*

Les grandes portes s'ouvrirent sur une salle à manger. La table était garnie d'un rôti de porc aux légumes, de vin et de bière. Elle était assez grande pour accueillir une dizaine de personnes, mais nul autre que Gwyll et Taéla n'étaient présents dans la pièce quand le sire Talda entra enfin. Il portait une tunique à la dernière mode de Helbbel, à rayures rouges et blanches, et des chausses vertes bâillantes qui, bien qu'en accord avec les codes vestimentaires des nobles, semblaient ridicules aux yeux de Gwyll.

— Allons, allons, asseyez-vous, mes amis ! Je suis heureux de te voir, Gwyll !
— Merci, sire Talda, dit Gwyll en s'exécutant. Je vous présente Taéla, à qui j'apprends le métier de chasseur d'argent.
— Enchantée, murmura-t-elle en s'installant sur sa chaise.
— Moi de même ! Servez-vous donc ! Ce repas est pour vous ! Le voyage a dû être exténuant !

Gwyll se servit une part copieuse, non tant par faim que pour honorer son hôte. Taéla l'imita, non sans réduire la portion à son plus modeste appétit. Le comte s'assit avec eux et alluma une pipe en écume d'excellente facture. Elle devait venir d'un pays de l'Est, probablement Teghur ou Kemn, car ici, on les fabriquait principalement en terre cuite ou en bois.

Gwyll narra au sire Talda son séjour à Steg-Angwi, puis son passage à Polkras. Le comte le laissa parler, et le félicita pour le travail accompli. Puis il se tourna vers Taéla.

— Vous êtes bien courageuse ! Je ne connais guère de femme qui accepte de s'opposer à la garde royale, encore moins pour sauver une âme en détresse telle que Gwyll.

— Ce... Ce n'est pas comme ça que je le vois.

— Ah non ?

— Nous travaillons ensemble, je suis sûre que si j'avais été enlevée, Gwyll se serait porté à mon secours aussi. J'ai eu beaucoup de chance d'avoir l'aide de la sorcière, car sans cela, je ne sais pas ce que j'aurais pu faire.

— Et elle ne s'attire pas la gloire, même lorsqu'on la lui propose. Gwyll, tu as mis la main sur une femme d'exception.

— Sire, répondit Gwyll, je crains que vous ne vous égariez sur la nature de la relation que j'entretiens avec elle.

— Pardonnez-moi. Il est vrai que tu m'as dit n'être que son mentor. J'espère ne pas vous avoir incommodé tous les deux.

— Il n'y a pas de mal. Par ailleurs, pourrions-nous utiliser les jardins pour sa prochaine leçon ? Je ne souhaite pas donner un spectacle aux rues de Heklan.

— Bien entendu ! Vous êtes ici chez vous. Et si vous désirez une collation après, n'hésitez pas à refaire un crochet par les cuisines. Je donnerai comme instruction qu'on vous prépare ce que vous demanderez.

*

L'ombre des arbres protégeait le jardin de la lumière éclatante du soleil et apportait un peu de fraîcheur. Les deux compagnons tournaient dans une danse armée, échangeaient des coups, paraient, esquivaient, avec une harmonie que seuls les combattants connaissent. D'un mouvement rapide, Gwyll dévia la hache de Taéla et arrêta la lame devant sa gorge. Vaincue, elle se laissa tomber sur le sol. Gwyll s'assit à côté d'elle, son arme posée à côté de lui.

— Tu as encore progressé. J'ai eu du mal à t'atteindre. Tu n'auras aucun mal à faire tes preuves demain.
— Merci. J'espère que ça se passera bien !
— Tu es inquiète ?
— Si tu me dis que je vais y arriver, je te crois !
— Parfait, c'est la bonne mentalité à avoir.
— Dis, Gwyll... Tu sais faire de la magie aussi n'est-ce pas ?
— Un peu, oui. Mais je suis loin d'être un grand mage.
— Tu pourrais m'apprendre ?

— Je peux essayer...
— J'ai toujours rêvé de faire de la magie !
— Je vais t'expliquer les bases alors.

Il se déplaça pour se mettre en face d'elle. Le vent s'était levé et de l'air rafraîchissait les deux amis. Gwyll prit la main de Taéla.

— La magie fonctionne sur deux points particuliers : l'énergie naturelle, ou mana, et la volonté humaine. Faire de la magie n'est qu'une question d'équilibrer sa volonté avec le mana ou avec la volonté de quelqu'un d'autre. Ferme les yeux.

Elle s'exécuta et il fit de même. Il se concentra et chercha la volonté de Taéla. Lorsqu'il l'eut trouvée, il s'évertua à s'en approcher, jusqu'à la toucher. Elle retira sa main dans un sursaut surpris.

— Ce que tu viens de ressentir, c'est de la magie.
— C'était... étrange. Tu... Tu peux recommencer ?

Il renouvela l'expérience, et cette fois, elle embrassa la sensation. D'un mouvement d'esprit, elle répondit à l'étreinte magique.

— Tu as compris, sourit Gwyll.

— Je crois... Et avec cette... énergie, je peux ressentir le mana ?

— Vois le mana comme la volonté de tout ce qui est. Tu pourras en trouver dans les arbres, dans les pierres, dans les animaux, dans ce qui est vivant comme dans ce qui est inanimé. Tout est habité par le mana. Mais attention, plus tu chercheras ce fil de volonté, plus tu risqueras de détacher la tienne de ton corps... ce qui signifierait mourir.

— Je ne savais pas que faire de la magie comportait ce genre de risques, s'étonna Taéla.

— S'il n'y avait aucun danger, tout le monde en ferait, expliqua-t-il. On ne l'enseigne qu'à quelqu'un que l'on estime capable de se garder des risques qu'elle implique.

— Donc tu m'en estimes capable ?

— De cela aussi, oui. Tu es capable de beaucoup de choses, je pense. Mais sois prudente tout de même, d'accord ?

— Promis ! Et alors toi, comment t'en sers-tu ?

— Je suis un parasite, expliqua-t-il avec un sourire en coin. Je trouve la magie de quelqu'un, et je m'y insère. De cette façon, je peux retourner le sort de quelqu'un contre lui, si je suis assez rapide. Mais je n'y arrive que contre de mauvais thaumaturges. Par contre, avec un peu de patience, je peux m'infiltrer dans n'importe quel sort. Tout dépend du temps que l'on me laisse.

— C'est comme ça que tu nous as amenés chez Nubla ?
— Exactement.
— Tu penses que j'arriverais à faire ce genre de choses rapidement ?
— Vu la vitesse à laquelle tu apprends le combat, j'ose espérer que la magie te sera aussi accessible...

*

Elle s'avança sous les regards d'une dizaine d'hommes. Gwyll était en retrait et observait calmement la scène. Il y eut quelques murmures et un des hommes s'avança, épée en main.

— Très bien jeune fille. Montre-moi ce que tu as dans le ventre.

Elle prit sa hache à deux mains et se mit en position de combat. L'homme la sous-estimait clairement. Il prit vaguement une position de garde, mais sa poigne était molle, et son regard nonchalant. Taéla l'observait, essayait de comprendre ce qu'elle voyait, et Gwyll perçut le moment où elle comprit. Son adversaire ne s'attendait pas à ce qu'elle sache se battre. Il ne lui fallut pas longtemps pour tirer cet avantage à profit. D'un pas déjà expérimenté, elle s'approcha à portée et fit voler l'épée de l'homme. Surpris, il fit plusieurs pas en arrière avant de s'écrouler sur son séant. Il put constater le regard agressif de sa partenaire de combat, car déjà, elle était sur lui, sa hache arrêtée à un doigt de sa gorge.

— Je suis surprise, je pensais que vous chercheriez à vous battre.

Son ton narquois cachait, Gwyll le savait, un affront qu'elle avait du mal à accepter. Elle était blessée dans son égo et avait réagi en conséquence. Mais bien réagi, sans laisser d'ouverture. Il sourit de fierté. Elle avait acquis de bons réflexes. L'homme se releva finalement et toussa, moins à cause de la poussière qu'il avait mordue que de la gêne occasionnée par les regards insistants de ses pairs, comme en témoignait son teint rougi. Il ramassa son arme et se mit en position, plus sérieusement cette fois. Taéla sourit et se remit en garde.

Le combat fut cette fois plus difficile. Il savait se battre, malgré sa défaite rapide la première fois. Il avait de bons appuis et, à défaut d'être très agile, il était fort.

Mais Gwyll estima qu'il était sans doute un peu moins doué que lui-même. Et en effet, Taéla ne se laissa pas démonter. Les mouvements s'enchaînèrent, parfois gracieux, parfois lourds. S'il lui arrivait parfois de prendre l'avantage, Taéla était le plus souvent dans une posture défensive face aux assauts de son adversaire. Pourtant, il ne parvenait pas à la faire céder.

Au bout d'un moment, un autre des hommes arrêta le combat. Nul n'avait gagné ou perdu. Gwyll le savait, c'était en soi une victoire. Le combattant était expérimenté. S'il n'avait pas pu prendre l'avantage sur une novice, cela signifiait que la novice en question était douée, suffisamment pour être chasseuse d'argent en tout cas. C'est donc sans inquiétude qu'il rejoignit Taéla pendant que les hommes délibéraient.

— Comment tu te sens ? demanda-t-il avec un sourire.
— Fourbue, avoua Taéla. J'ai l'impression de m'être battue un jour entier.
— Il faut dire que cela fait plus d'une demi-heure que vous vous battez.
— Et je n'ai pas réussi à réellement prendre l'avantage.

— Ne t'en fais pas, la rassura-t-il d'une main sur l'épaule. Tu t'es bien battue.

— Gwyll, Taéla, je vous prie de m'excuser, coupa le doyen, nous avons délibéré. Êtes-vous prêts à entendre le verdict ?

Les deux hochèrent la tête dans un silence respectueux. Le doyen se retourna, signa un parchemin, et le prit dans ses mains avant de déclamer son contenu.

— Moi, Felk, doyen de l'Ordre des Chasseurs d'Argent de Heklan, vous informe par la présente que Taéla est officiellement novice de l'Ordre, sous la responsabilité de Gwyll. J'atteste qu'elle sait se battre et qu'elle est un atout potentiel pour l'Ordre et non un poids. Je la déclare officiellement sous la protection de l'Ordre et soumise au Code de l'Ordre. Elle l'atteste aussi en signant de son nom ce document.

Il reposa le parchemin et offrit sa plume à Taéla afin qu'elle pût signer, ce qu'elle fit sans hésiter.

— Ce document sera transmis au Conseil de l'Ordre dans les jours à venir. Félicitations, Taéla, vous êtes une chasseuse d'argent. En guise de cadeau de bienvenue, vous allez être conduite à notre armurier afin qu'il vous fournisse une armure de cuir.

— Merci infiniment, dit-elle, laissant rayonner sa joie

— Je vais te conduire à l'armurier, reprit Gwyll. Merci pour ton temps, Felk. Merci à vous tous.

Ils commencèrent à sortir de la cour pour se diriger dans les couloirs. Au bout de quelques pas dans ces derniers, Taéla murmura :

— Je suis chasseuse d'argent...

— Eh oui. Je suis fier de toi. Tu en as fait du chemin depuis la fille de marchand. Et ce en quelques semaines seulement.

Elle arbora un grand sourire que Gwyll ne put s'empêcher de suivre, tout comme l'armurier lorsqu'ils l'eurent rejoint. C'est dans cette ambiance joyeuse et chaleureuse que fut ajustée l'armure de cuir cloutée qui protégerait Taéla contre les coups qu'elle pourrait recevoir. Gwyll lui rappela que ça ne l'empêcherait pas d'être blessée, mais elle rétorqua que pour cela, il fallait surtout qu'elle continue de bien bouger, ce à quoi il ne put qu'acquiescer.

Un jeune homme, probablement plus jeune que Taéla, entra. Il était menu et avait le teint foncé d'un adolescent qui passe son temps sous le soleil ardent. Il s'approcha de Gwyll et lui offrit une missive avant de repartir à toute vitesse, sans même attendre un pourboire. Gwyll ouvrit le rouleau scellé, et la joie de l'instant fut ternie par la nature du message.

— Nous ne retournerons pas chez le sire Talda, déclara-t-il sombrement. Pas aujourd'hui.
— Pourquoi cela ? s'enquit Taéla.
— Quelqu'un y est et me cherche.
— Qui ?
— Je ne sais pas. Mais le sire Talda me recommande de me tenir à l'écart alors... Je le ferai. Nous reviendrons dans quelques jours. En attendant, nous resterons ici, décida-t-il.

Taéla, trop heureuse de pouvoir profiter d'être chasseuse d'argent entre ces murs, n'y vit aucune objection. Ainsi, ils s'installèrent au sein du siège local de l'Ordre. Ils furent accueillis chaudement et Taéla constata que la fraternité était un mot d'ordre au sein de cet organisme où tout le monde semblait si solitaire. En effet, chacun se montrait des plus chaleureux et bienveillant, y compris Léor, celui contre qui elle s'était battue. Ce dernier avait même reconnu l'avoir sous-estimée et s'était excusé pour son attitude irrespectueuse. Un de ses compères avait ajouté que de toute façon, le voir cracher la poussière après un seul coup suffisait probablement à l'excuser, ce qui provoqua un rire général...

*

Gwyll et Taéla échangeaient quelques passes. La chaude pluie leur tombait dessus et le sol boueux contraignait leurs mouvements, ce qui était un bon entraînement pour la jeune femme, qui n'avait que très peu pratiqué dans ces conditions. Ses mouvements étaient plus prudents, ses pas moins agiles, et si elle tentait de s'adapter au sol glissant, elle ne manqua pas de choir à de nombreuses reprises. Elle était exaspérée, mais à chaque fois, se reprenait. Gwyll tomba une fois aussi, en parant un coup qui le déséquilibra.

— Tu vois, s'amusa-t-il en se relevant, ça n'arrive pas qu'à toi !
— Beaucoup plus souvent quand même !

— Tu manques encore d'expérience, ce n'est pas très étonnant. Tu es douée, mais tu as encore à apprendre, c'est normal.

— Tu as sans doute raison…

— Gwyll ! appela Felk depuis la bordure de la cour.

— Qu'y a-t-il ?

— Un homme veut te voir ! Il dit qu'il vient de la part du sire Talda !

— Très bien, nous venons !

On leur offrit des serviettes pour éponger la pluie qui avait déjà retiré presque toute la boue des armures de cuir. Puis on les conduisit dans une petite salle de scribe. Taéla entra d'abord et salua l'étranger. Gwyll la suivit et s'arrêta en voyant l'identité de la personne qui lui faisait face. L'homme était grand, d'une minceur qui mettait en valeur sa musculature, et ses yeux verts contrastaient avec sa longue chevelure et son bouc, tous deux d'un noir corbeau. Son armure de cuir rouge n'était pas un uniforme, mais l'écusson d'or brodé sur son épaule laissait entendre sa proximité avec la royauté.

— Bonjour, Gwyll.

Il avait insisté sur son nom comme s'il était une insulte. Si Taéla put comprendre la nature du danger, elle ne pouvait imaginer son ampleur.

— Bonjour, Aikdhekor Detras.

VIII – L'Aikdhekor

*

« L'Aikdhekor est encore au-dessus, dernier palier avant le conseiller du roi. Il est sa main armée et le porte-parole des gardes et militaires de tout le royaume. Nous lui devons respect et obéissance, car lorsqu'il se déplace en personne, l'affaire est sans aucun doute de la plus haute importance. Il est aussi garant de la justice et peut donc prononcer les peines qui lui semblent justes à la place d'un juge, tout comme ceux qu'il désignera à ces fins. »

Organisation militaire, de Rekan Fekla

*

Les deux hommes se toisaient, dans une animosité à peine cachée. L'Aikdhekor... S'il y avait une personne que Gwyll aurait souhaité ne pas croiser, c'était bien lui. Le silence se faisait pesant et Taéla n'osait ouvrir la bouche pour le combler. Ce fut finalement Gwyll qui le rompit.

— Je ne reviendrai pas.
— Je sais que tu ne le désires pas, mais ton devoir t'appelle. Tôt ou tard, son poids deviendra plus fort que ton envie de fuir.

— Tu ne sais rien, Detras.

— Peut-être as-tu raison, concéda-t-il. Je ne suis pas à ta place. Mais ce mariage ne saurait être oublié du roi de Sonne. Que feras-tu si nous devons partir en guerre ? Compteras-tu les morts ? T'engageras-tu, peut-être, pour te sentir moins coupable ?

— Tais-toi !

— Non, mon Prince ! Je ne puis me taire et te laisser vagabonder où bon te semble ! Tu déshonores ton père et ton pays ! Les dieux savent combien de vies sont en jeu et tu fuis ! Alors je mettrai tout en œuvre, comme l'a exigé le roi, pour que tu rentres au palais. Même si cela doit te faire du mal. Tu peux rentrer chez le sire Talda, je n'y suis plus. Mais sache que ce ne sera pas le seul que j'aurai dû faire parler. Et quand tu te rendras compte de ce que tu provoques, peut-être reviendras-tu de toi-même.

L'Aikdhekor conclut sa tirade en traversant la pièce pour rejoindre la porte et, dans un mouvement de cape, il sortit. Gwyll serrait les poings comme un enfant que l'on venait de gronder. De quoi se mêlait-il ? Il ne savait rien, rien de rien. Il ne faisait que répéter les mots de son père. Il ne faisait que suivre les ordres. Ce n'était qu'un pion. Rien de plus. Rien de plus !

— Gwyll ?

La voix de Taéla s'engouffra dans sa colère et la calma aussitôt. Elle était là, elle. Il savait qu'elle, au moins, ne le jugeait pas. Ses poings se détendirent et il sentit ses épaules se décontracter.

— Oui, Taéla ?
— Ce qu'il a dit m'inquiète pour le sire Talda... Tu penses qu'il lui est arrivé quelque chose ?
— Peut-être. Cet homme est dangereux. Il est capable de beaucoup de choses pour arriver à ses fins.
— Y compris menacer d'une guerre...

Gwyll se tut. Il aimait à croire que ça ne pourrait pas se finir de cette façon. Mais plus cet argument résonnait dans son crâne, plus il en avait peur. Il redoutait que ce soit vrai, que le roi de Sonne soit si plein d'orgueil qu'il n'accepte pas un refus. Mais il n'y pouvait rien, ce n'était pas sa fierté qui était en jeu, mais bien celle de ce roi.

— Allons voir le sire Talda, déclara-t-il finalement. J'espère que rien de grave n'est arrivé...

*

On laissa entrer les deux invités. La salle à manger était sombre, car peu de lumière traversait les épais nuages gris. Le sire Talda était assis dans un fauteuil près du feu, sa pipe à la main.

— Gwyll, c'est toi ?
— C'est moi, oui. Je suis avec Taéla.
— Je suis désolé... J'ai parlé... J'ai avoué...
— Que vous a-t-il fait ?

Il s'avança vers lui et découvrit, à la lumière du feu, un visage ensanglanté, tout juste soigné. Il resterait des cicatrices. Lui qui était toujours si prompt à se montrer beau devrait maintenant arborer les séquelles de la torture de l'Aikdhekor. Le sire Talda éclata en sanglots.

— Je suis désolé, je n'ai pas pu tenir ma langue... La douleur était trop forte...
— Ce n'est rien... Je... Je suis désolé qu'il vous soit arrivé malheur par ma faute.

Il ne répondit pas et se contenta de pleurer. Gwyll serra de nouveau les poings. Tout était de la faute de l'Aikdhekor. Ce monstre perfide avait torturé un de ses amis dans le seul but de l'atteindre. Peut-être même connaissait-il sa seconde identité avant même d'avoir mis le pied à Heklan. Talda reprit finalement la parole.

— Partez... supplia-t-il. Laissez-moi... J'ai besoin d'être seul...

*

— Je ne peux pas le laisser faire.
— Mais que comptes-tu faire ? En n'étant qu'un chasseur d'argent, tu ne peux pas le tuer, ça ferait de toi un hors-la-loi...

Il soupira. Elle avait raison. Il ne pouvait rien faire pour l'arrêter en tant que Gwyll. Il serait renié de l'Ordre, n'aurait plus sa protection et, au passage, Taéla ne pourrait sans doute jamais dépasser le rang de novice, si elle n'était pas radiée avec lui.

— La seule solution restante serait de redevenir le prince Gwalbrevil, n'est-ce pas ?

Taéla ne répondit pas tout de suite. Elle planta ses yeux dans ceux de Gwyll, comme pour sonder son âme.

— Cela signifierait épouser quelqu'un que tu ne désires pas, si j'ai bien compris...
— La princesse de Sonne... C'est stupide, non ? Je pourrais assurer la paix du pays en échange de me

contraindre à épouser une femme, une femme charmante qui plus est. Le mariage arrangé dont tous les fils nobles rêveraient. Et je suis là, à fuir ce destin dont je ne veux pas...

— Gwyll... Je ne peux pas te dicter ce que tu dois faire et je ne le veux pas. Je ne peux que m'en remettre à toi pour faire le meilleur choix que tu puisses... Alors... Sache que quelle que soit ta décision, je te suivrai. Si tu redeviens prince, je me ferais embaucher comme femme de chambre s'il le faut. Mais je ne t'abandonnerai pas.

— Et si le pays entre en guerre à cause de moi ?
— Alors... J'irai me battre au front à tes côtés.

Gwyll soupira. Aucune de ces deux options ne lui plaisait. Acculé par son destin ou jeté dans un combat mortel qui tuerait des centaines, peut-être des milliers de personnes qui n'avaient rien demandé.

— Je vais y réfléchir, déclara-t-il finalement. Qui sait, peut-être prendrais-je une bonne décision, une fois dans ma vie.
— Gwyll ?
— Oui ?

— Tu m'as sortie de Steg-Angwi, tu as sauvé le veig, et grâce à toi, les couples pourront à nouveau faire des enfants. Ne dis pas que tu ne prends que des mauvaises décisions. C'est faux.
— Tu as raison. Il y a au moins une bonne décision que j'ai prise. Celle de faire de toi une chasseuse d'argent.

*

La nuit adoucissait la chaleur estivale de son ombre bienveillante. Les étoiles perçaient le ciel de l'infinité de leur nombre, tapissant l'horizon d'une pluie de lumière. Gwyll marchait silencieusement. La ville dans son dos gardait avec elle le souvenir de la meurtrissure de Talda, et celle qui n'arriverait jamais à Taéla. Le cœur lourd et solitaire, il s'éloigna d'Heklan avec comme objectif la capitale du pays : Meoran.

IX – Seule

*

« Le pays de Helbbel est sans aucun doute le plus avancé de tous. En effet, nous possédons non seulement la plus grande école de mages du monde, mais aussi des académies scientifiques, afin d'allier le mystique à la physique. Ainsi, nous étudions les humeurs, les saisons, les étoiles, la chaleur, et tous autres phénomènes à la lumière de la science et de la magie. Nul, à ma connaissance, ne détient tel savoir dans les pays alentour. »

La Grandeur de Helbbel, de Bilgorn Ferroy

*

Taéla se leva aux aurores, réveillée par la lumière matinale. Comme à son habitude, elle remplit un seau d'eau pour faire ses ablutions quotidiennes. Revigorée par la fraîcheur de l'eau du puits, elle enfila l'armure de cuir clouté dont elle était si fière, symbole de son appartenance à l'Ordre des Chasseurs d'Argent, et cadeau de ce dernier. Son esprit s'éclaircit lentement pendant cette dernière tâche et elle repensa aux événements de la veille. L'Aikdhekor Detras avait torturé le sire Talda, pendant peut-être plusieurs jours, pour obtenir des informations sur Gwyll, et ce dernier cherchait un moyen d'arrêter l'Aikdhekor.

Elle n'avait pas de solution à proposer, tout ce qu'elle espérait, c'était que Gwyll fasse ce qui était le mieux pour lui. Ainsi, elle pourrait le voir heureux, aussi heureux qu'elle l'était elle-même depuis qu'elle l'accompagnait. Elle se rendit au réfectoire pour prendre un petit déjeuner et fut surprise de ne pas voir Gwyll. Mais, se dit-elle, peut-être avait-il besoin d'un peu de solitude pour prendre sa décision. Ou peut-être avait-il eu du mal à s'endormir, trop préoccupé, et allait se réveiller tardivement. Elle mangea avec Léor et ses compagnons, dans une bonne humeur qui lui fit du bien. Elle tut bien entendu les préoccupations de son mentor qui avait explicité à de multiples reprises son besoin de secret.

Ensuite, Léor et elle échangèrent quelques passes d'armes qui en apprirent beaucoup à Taéla sur des aspects du combat que Gwyll avait moins abordé. En effet, si ce dernier était une fine lame, il n'avait que très peu de force brute en comparaison à Léor, qui de surcroît savait s'en servir à son avantage. Mais après tout cela, Gwyll n'avait toujours pas montré signe de vie. Taéla, qui commençait à s'inquiéter, décida d'aller voir la chambre qui lui avait été assignée.

Elle frappa. Pas de réponse. Elle entrouvrit la porte et constata que la chambre était baignée de la lumière du soleil et que la chaleur aurait très certainement réveillé son compagnon.

— Gwyll ? appela-t-elle.

Mais elle n'eut pas de réponse. Elle ouvrit la porte plus grand et trouva le lit fait, avec une bourse de cuir accompagnée d'une note. Elle s'empressa de la lire et les larmes lui montèrent aux yeux. Le cœur au bord des lèvres, elle quitta la chambre pour se rendre dans la sienne. Il était parti. Il disait ne pas vouloir que ses décisions ne retombassent sur elle et regretter de devoir s'en aller. Ces excuses lui laissaient un goût amer dans la bouche.

Une fois enfermée dans ses quartiers, elle se laissa aller à pleurer tout son soûl, passant par la tristesse, mais aussi par la colère. Comment pouvait-il lui faire cela ? Comment pouvait-il l'abandonner à son sort alors qu'elle avait encore besoin d'un mentor ? Sans lui, elle n'était pas chasseuse d'argent, elle n'était plus rien. Elle était perdue et c'était sa faute. Pourquoi n'avait-il pas pu simplement lui en parler ? Elle l'aurait convaincu de rester, ou de l'emmener avec elle. Elle lui aurait dit qu'elle n'avait pas peur, que désormais elle savait se défendre, et qu'avec lui en plus, elle était en sécurité. Mais il était parti, sans un regard en arrière. Il l'avait abandonnée sans le moindre remords. Elle s'était trompée. Peut-être l'Aikdhekor avait-il raison, finalement. Peut-être n'était-il qu'un lâche.

À moins que… ce ne soit elle qui fût un poids ? Qu'elle ne fût trop faible pour les épreuves qu'il allait s'infliger ? Trop peu expérimentée pour combattre Detras ? Peut-être avait-il peur que l'on se serve d'elle contre lui ? Peut-être avait-il raison de la protéger ? Peut-être… Peut-être n'était-elle pas faite pour rester avec lui ? Peut-être eût-elle mieux fait de rester à Steg-Angwi ?

Elle sécha ses larmes alors qu'une idée lui venait en tête. Steg-Angwi… Elle pourrait y trouver de l'aide. Nubla accepterait sûrement de lui dire où se trouvait Gwyll. Peut-être même pourrait-elle l'emmener grâce à sa magie ! Elle se rua dans la chambre de Gwyll pour vérifier le contenu de la bourse. Comme elle l'espérait, il y avait un peu d'argent. Elle pourrait se payer des rations pour le voyage. Gwyll ne l'avait pas abandonnée sans rien... Comment avait-elle pu seulement le croire ? Il restait Gwyll, même s'il avait pris une décision stupide. Il ne lui restait plus qu'à plier bagage.

*

L'automne commençait à pointer son nez et un vent doux rafraîchissait la plaine de Steg-Angwi. Belan suivait Taéla d'un pas raide. La marche avait été longue et l'une comme l'autre ne rêvait que de s'arrêter. Taéla songea que Gwyll, quelques mois plus tôt, était arrivé dans les mêmes conditions, ou plutôt dans de pires conditions étant donné la chaleur étouffante qu'il avait dû affronter.

— Courage, murmura-t-elle. Nous y sommes presque.

Comme en réponse, la jument hennit et pressa légèrement le pas. Le portail de Steg-Angwi était désormais grand ouvert. Sans doute ne le fermait-on guère maintenant que la bête n'était plus à craindre. Taéla pénétra dans le veig qui fut auparavant son chez-elle. Comme elle entrait dans l'écurie, elle fut saluée par Jerna, une de ses anciennes amies.

— Taéla ? C'est bien toi ?

— Jerna ! Je suis heureuse de te voir !
— Et moi donc ! Tu portes l'armure maintenant ?
— Je suis passée novice de l'Ordre des Chasseurs d'Argent, déclara-t-elle fièrement.
— Toutes mes félicitations ! Chasseuse d'argent... Qui l'aurait imaginé lorsque tu es arrivée ici !

Elle emmena Belan dans une stalle et commença à s'occuper d'elle tout en discutant avec son amie.

— C'est Gwyll qui m'y a fait rentrer, expliqua-t-elle. Si tu savais comme le siège de l'Ordre est grandiose ! Enfin, je n'ai vu que celui d'Heklan, je n'ose même pas imaginer celui de la capitale !
— Ce doit être extraordinaire ! Où est Gwyll ?
— Il... avait à faire, se renfrogna-t-elle. Je ne sais pas où il est pour le moment, mais nous nous retrouverons sans doute bientôt !

Elles s'échangèrent des nouvelles pendant que Taéla finissait son travail, et Jerna finit par reprendre le sien, laissant là son amie. La jeune chasseuse d'argent se rendit à la maison de l'Aikveig et frappa. Nubla lui ouvrit et l'invita à rentrer.

— Tu es seule ? s'étonna-t-elle.

— Oui, il faut que j'en discute avec toi... J'ai besoin d'aide...
— Laisse-moi te servir à manger et à boire, tu dois mourir de faim.

Elle n'eut pas le temps de répondre et son ventre émit un gargouillement sonore à la mention de nourriture. En quelques minutes, elle fut servie d'une part de ragoût de pommes de terre. Elle mangea jusqu'à satiété et reprit finalement.

— Gwyll est parti. Il y a eu... Un événement. Quelqu'un a torturé un de ses amis pour le retrouver et... Je crois qu'il veut se venger. Il m'a laissée derrière lui en disant qu'il espérait ainsi que je ne sois pas blessée, mais... Je dois le retrouver.
— Eh bien, il s'en est passé des choses... Et... qu'attends-tu de moi exactement ?
— Que tu m'aides à le retrouver... Je t'en serais infiniment reconnaissante...
— Tu sais que j'ai promis de ne plus m'en servir sur lui ?
— Je le sais, mais c'est important !
— Je ne peux pas rompre une promesse, Taéla... Je ne veux pas trahir sa confiance...

Taéla baissa la tête. Elle comprenait ce sentiment. Elle non plus ne voulait pas trahir Gwyll. C'était précisément pour cette raison qu'elle devait le retrouver. Pour honorer sa promesse de rester auprès de lui. Mais Nubla ne comprendrait pas cela, elle en était certaine.

— Tu sais, parfois, on a besoin d'accomplir quelque chose par soi-même. C'est probablement ce que traverse Gwyll.
— Mais après ce que nous avons vécu ensemble... Je ne pensais pas qu'il m'abandonnerait.
— Peut-être te retrouvera-t-il plus tard. Si le lien que vous avez est aussi fort que tu le décris, il reviendra.
— Sauf s'il redevient le prince...

Nubla ne répondit pas, et cela confirma ce que pensait Taéla. Elle n'avait rien à faire avec un prince, il serait inconvenant que le fiancé d'une princesse soit accompagné d'une femme, plus encore une chasseuse d'argent. Elle soupira et se laissa tomber en arrière sur le dossier de sa chaise.

— Peux-tu au moins m'héberger ?
— La maison que tu occupais est toujours vide. Considère que tu peux y rester aussi longtemps que tu le souhaites. De même, ma porte te sera toujours

ouverte si tu as besoin de parler ou même si tu souhaites manger à ma table. Tu es la bienvenue.
— Merci, Nubla... Du fond du cœur...

*

Taéla était assise sur le sol, dans ce qui fut jadis sa chambre. Ses yeux étaient fermés, ses mains ouvertes posées sur le sol. Comme tous les jours, elle entraînait son esprit à ressentir le mana. Elle avait pris l'habitude de comparer la sensation entre les différents objets qu'elle sondait de sa volonté. Mais comme Gwyll le lui avait enseigné, elle prenait garde à conserver conscience d'elle-même, à ne pas séparer sa volonté de son corps. Elle avait compris que cette volonté était une forme d'énergie qu'elle pouvait manier et avec laquelle elle pouvait suivre ou modifier le mana. Ainsi, elle avait réussi à faire brûler une feuille d'arbre par la seule force de sa volonté.

Elle rouvrit les yeux, satisfaite de son entraînement, et une idée germa dans un coin de sa tête. Peut-être pouvait-elle se servir de ce que Gwyll lui avait appris pour l'imiter et retrouver l'antre de Nubla ! Aussitôt décidée, elle sortit de la demeure pour aller retrouver sa jument. Une fois partie au galop, il ne lui fallut que peu de temps pour rejoindre le grand arbre.

Elle mit pied à terre non loin de lui et s'appliqua à retrouver l'endroit où Gwyll l'avait guidée pour l'emmener voir Nubla quelques mois plus tôt. Elle ouvrit son esprit et chercha dans le mana quelque chose de différent, quelque chose d'origine humaine. Elle eut beau s'appliquer, il lui fallut un temps qu'elle jugea monstrueux pour trouver ce qu'elle cherchait. Mais c'était là, sur cette racine qui, coupée de l'arbre, dépassait du sol. Elle passa les doigts dessus et trouva le symbole. Bandant sa volonté, elle le traça. Elle perdit l'équilibre et s'effondra sur le sol dallé. Elle avait déjà eu cette sensation plusieurs fois, mais cela faisait si longtemps qu'elle eut un haut-le-cœur. Mais elle se reprit rapidement. Elle avait réussi.

L'odeur de renfermé était accompagnée de celle, métallique, du sang. Elle savait que cela signifiait qu'elle avait eu raison. L'œil de sang était là. Et en effet, sur l'autel se trouvait une coupe immonde, dans laquelle un œil ensanglanté bougeait au milieu d'une myriade de morceaux de chair. Elle était prête. Elle en était certaine.

Elle toucha la coupe et tendit sa volonté. Elle trouva sans mal celle qui s'échappait de l'œil, s'y ajusta, s'y accrocha.

Soudain, alors qu'elle avait toujours les yeux fermés, elle voyait. Elle voyait sa jument en train d'attendre patiemment à côté de l'arbre. Elle voyait la lumière qui émanait de la maison de Jerna, l'ombre masculine de son mari qui l'étreignait, les gouttes de sueur sur son front. Elle voyait la chambre vide de la maison de l'Aikveig, le feu presque éteint qui fumait dans la cheminée, les braises grises qui en résultaient. Elle pensa à Gwyll. Elle le vit, allongé sur le sol, à la belle étoile, à côté d'un feu de camp. Elle vit ses cheveux noirs, ses yeux gris grands ouverts qui observaient les étoiles, ses épaules carrées, son armure mal ajustée. Elle vit une larme qui coulait sur sa joue, glissait sous son oreille pour aller se perdre dans son cou.

Elle voulait tant le rejoindre... Elle le pouvait ! Elle n'avait qu'à s'élancer et elle serait devant lui. Un bond en avant, loin de Steg-Angwi, loin de Jerna, loin de Nubla. Il était là... Son esprit en ébullition l'appelait, sans qu'elle comprenne. Sa volonté se prépara. Un pas en arrière, pour prendre de l'élan.

— Taéla !

Le hurlement, empreint de volonté, arrêta la sienne et elle regagna son corps. Elle s'effondra en arrière, incapable de tenir debout. Elle tenta de demander ce qu'il se passait, mais ne put obtenir qu'un charabia difforme. Sa vision était trouble, son audition perturbée. Elle était allongée sur le sol, mais elle se sentait flotter, sans contrôle. Elle essaya de hurler, mais s'étrangla dans sa propre salive. Puis tout disparut. Il n'y eut plus d'image, il n'y eut plus de son, il n'y eut plus de douleur, plus de cris.

Il n'y eut plus de vie ?

X – Garde

*

« Le cœur de l'Homme est fragile. Nombreux sont les obstacles à sa pureté. En vérité, nul ne peut prétendre être pur. Seul un élu de Sa bonté pourra prétendre être purifié de Sa main, car Bheldhéis est grand en mansuétude à qui s'humilie devant Lui. Il est cependant trois crimes que dans Sa générosité il ne pardonnera pas. Le premier est le meurtre par avarice. Quiconque tue dans le seul but d'obtenir de l'argent est condamné. Le second est le coït non consenti. Celui qui s'impose à quelqu'un ne mérite que la mort. Enfin, le troisième, et sans doute le pire, et de s'opposer à la parole directe de Bheldhéis. Car celui qui s'arroge le droit de contredire Sa sainte parole ne peut-être qu'un ennemi du bien. »

Saint Livre de Culte, de l'Aikdhei[1] Komnus

*

Froid... Il faisait si froid... Elle tremblait. Elle tremblait ? Elle vivait. Sa tête tournait. Nul repère. Tout était noir d'encre. Elle ne respirait pas. Elle ne respirait pas ? Elle ne vivait pas. Ou vivait-elle ? Respirer... Elle

---

1   Prêtre de Bheldhéis

devait respirer. Mais son corps ne l'écoutait pas. Était-elle seulement en lui ? Elle le sentait, mais n'était-ce pas là qu'une illusion ? Bouger. Rien ne bougeait. Bouger. Tout restait figé. Bouger. Bouger… Bouger ? Bouger !

Elle se sentit tomber et ouvrit enfin les yeux en prenant une grande inspiration lorsqu'elle heurta le sol. Elle était vivante. Paniquée, elle plaqua ses mains sur toutes les parties de son corps. Elle était nue. Mais de sa tête à ses pieds, tout était là. Elle entendit une voix au loin qui se rapprocha soudainement.

— Taéla !
— Que… Nubla ?
— Par les Dieux, tu es vivante ! Tu m'as flanqué une de ces terreurs !
— Que s'est-il passé ? Que m'est-il arrivé ?
— Tu as failli te perdre dans le mana ! Si je n'étais pas arrivée à temps, qui sait ce qu'il se serait passé. Bon sang, que t'est-il passé par la tête ? Fusionner ta volonté avec un sort aussi puissant ! Gwyll ne t'a-t-il donc rien enseigné ?
— Je pensais… Je croyais en savoir assez. Je suis désolée.

— Écoute, se calma Nubla, je sais que tu veux retrouver Gwyll, mais tu ne peux pas faire ce genre de choses. Tu as tant à apprendre ! Et ne me fais pas dire ce que je n'ai pas dit, tu sais déjà beaucoup de choses, mais... Tu es si jeune... Tu as tout le temps devant toi. Tout le temps pour apprendre et découvrir... Ne le gâche pas en te mettant en danger inutilement...

Taéla hocha la tête et regarda enfin autour d'elle. Elle était dans la chambre de l'Aikveig. Le feu mourant dans la cheminée ne suffisait pas à réchauffer la pièce prise par l'obscurité de la nuit. Nubla tenait une chandelle qui éclairait assez la petite chambre pour qu'elle pût, finalement, retrouver ses vêtements, posés sur la table de nuit à son chevet. Les faits s'assemblèrent enfin. Elle était tombée du lit et c'était ainsi qu'elle s'était réveillée... Ou alors était-ce l'inverse ? Elle se redressa péniblement et fit l'effort de se rhabiller.

— Pardonne-moi, finit par dire Nubla en la voyant faire. J'ai lavé tes vêtements. Cela fait près d'une semaine que tu es inconsciente, alors... Comme tu ne semblais pas vraiment morte, j'ai espéré que tu apprécierais avoir des vêtements propres.

— Merci Nubla. C'est moi qui devrais m'excuser... Je t'ai causé beaucoup de tracas... Une semaine... J'imagine que ce n'est pas pour rien que je me sens aussi faible si je n'ai rien mangé depuis aussi longtemps.

Cette déclaration suffit à mettre en branle Nubla qui ralluma du feu et fit chauffer du ragoût. Bien vite, Taéla put manger, mais malgré sa faim, elle n'avait que peu d'appétit.

— Il pleurait, déclara-t-elle soudain. Quand je l'ai vu au travers de l'œil. Il pleurait.
— Je crois que ce qu'il a à traverser n'est pas facile pour lui. Cela lui a coûté de te laisser derrière lui.
— Peut-être... Raison de plus pour que je le retrouve.
— Calme-toi. Tu arrives à peine à tenir debout...
— C'est vrai... Quelle imbécile je peux être parfois !
— Nous faisons tous des mauvais choix. Gwyll, toi, et moi.

Taéla contempla son assiette en réfléchissant à ce que disait Nubla. C'était bien évidemment vrai, mais elle savait de quoi elle parlait. Elle avait tué sur un mauvais choix. Tué beaucoup de monde. Malgré tout, Taéla n'arrivait pas à lui en vouloir. Quelqu'un s'était servi d'elle pour masquer le meurtre de son père, et elle l'avait vengé. Tout cela à cause de l'Aikveig précédent et de son incapacité à gérer le veig correctement.

Elle releva la tête et croisa le regard de Nubla.

— Merci pour tout ce que tu as fait pour moi.
— Ne me remercie pas, c'est normal. Et... J'ai pris une décision. Je t'aiderai.
— Tu m'aideras ?
— Je t'aiderai à retrouver Gwyll.

*

Plusieurs jours s'étaient écoulés et Taéla se sentait enfin en capacité de reprendre son activité. Elle avait repris des forces grâce à Nubla qui s'en était occupée comme de sa propre fille. Les deux femmes avaient tissé une relation plus profonde, et le respect mutuel s'était transformé en affection. Taéla avait pour elle une admiration qui n'était pas du même genre que celle qu'elle vouait à Gwyll, mais qui était aussi forte. Qu'une femme aussi occupée trouve le temps et l'énergie de prendre soin d'une infirme en plus de ses devoirs l'impressionnait. Elle était forte, pour sûr. Et elle avait cette capacité à la calmer en toutes circonstances qui faisait beaucoup de bien à la jeune chasseuse d'argent.

— Il est temps, déclara Nubla un matin. Je vais t'emmener à l'œil de sang.

Elles se mirent en route pour l'arbre où gisait le symbole magique. D'un mouvement de volonté, elles furent dans la grotte taillée. Taéla perdit presque l'équilibre, mais se reprit avant de choir. Sans y faire attention, Nubla s'était dirigée vers l'œil de sang. Au bout d'un instant, elle tendit la main à Taéla. Celle-ci la saisit, curieuse. La vue était sur une ville gigantesque au milieu de laquelle trônait un énorme palais.

— Meoran... chuchota-t-elle. Il est à la capitale...
— Regarde, il est au palais. Il... Je suis désolée, Taéla...

Gwyll portait une tenue princière. Capée de rouge, sa tunique blanche couverte de dorures arborait les armoiries royales. Ses chausses serrées, aussi noires que ses cheveux, glissaient dans des chaussures ouvragées qui, bien que somptueuses, semblaient très peu pratiques. Nulle arme ou armure n'accompagnait cette tenue. En revanche, un bandeau d'argent couronnait son front. Il n'était plus Gwyll, le chasseur d'argent, mais bien le prince Gwalbrevil.

Une larme coula sur la joue de Taéla. Il était trop tard, il avait cédé. Mais après tout, peut-être était-ce le mieux. Peut-être était-ce là le seul moyen de ne pas provoquer une guerre avec Sonne. Quoi qu'il en fût, ce n'était pas à elle d'en décider. Mais désormais, elle aurait probablement du mal à l'approcher. Une roturière comme elle n'avait aucune bonne raison de se trouver à proximité d'un Prince. Tout ce qu'elle pouvait espérer était d'être embauchée comme servante au château, sans avoir la certitude de le rencontrer un jour. À moins que...

— J'ai encore un service à te demander, Nubla...

*

Il faisait bon. La chambre était bien entretenue et le feu la chauffait parfaitement. De grandes tapisseries représentant d'illustres batailles ornaient des murs épais. Une porte donnait sur une chambre de bonne, vide de tous effets personnels. L'autre donnait sur le couloir, mais Taéla ne s'était pas risquée à l'ouvrir. Nubla et elle étaient cachées derrière le paravent opaque qui séparait la chambre en deux. Derrière elles, un baquet, vide, qui devait servir pour les ablutions.

La porte s'ouvrit et Gwalbrevil entra. Il était seul. Il s'effondra sur son lit en soupirant. Taéla sortit de sa cachette et chuchota :

— Gwyll !

— Taéla ? Mais... Que fais-tu ici ? Comment as-tu... Oh, tu es accompagnée. Je comprends mieux.

— Je t'avais dit que je ne t'abandonnerais pas, quel que soit ton choix !

— Je ne veux pas te condamner à être femme de chambre.

— Alors embauche-moi comme domestique, ou comme garde du corps ! Ainsi, je pourrai rester proche de toi et rester chasseuse d'argent ! Techniquement, je serai même toujours sous ta direction, donc l'Ordre ne devrait rien y voir à redire.

— Tu as beaucoup réfléchi...

— Peut-être plus que toi quand tu es parti sans rien dire, décocha-t-elle.

— Je... Je suis désolé, déclara-t-il après une pause. Je ne savais pas encore ce que je voulais faire, mais ce que je savais, c'est que je ne voulais pas que ça te retombe dessus. J'ai agi avec précipitation et sans recul.

— Ne t'en fais pas, reprit Taéla. Chacun fait ses erreurs. Tu es pardonné. Enfin, si tu te débrouilles pour que je puisse reprendre ma place auprès de toi !
— Je vais faire le nécessaire.

Il se tourna et s'approcha du petit bureau, sur lequel il prit une plume et du parchemin. Il écrivit dessus, le sabla, le roula, le scella, et y apposa son cachet. Il le tendit ensuite à Taéla et lui dit :

— Présente-toi à la porte du palais demain. Montre le cachet et demande l'intendant. Donne-lui ce message. Tu seras conduite à mes côtés dans la journée.
— Parfait !
— Quant à toi, Nubla... Merci pour ton aide. Tu es définitivement une grande alliée et... Je ne l'oublierai pas, même avec une couronne sur la tête.
— Mon Prince me fait honneur, dit-elle avec un ton trop enjoué. J'entends lui rester fidèle, même si j'ai dû rompre ma promesse pour aider Taéla.
— Je ne t'en tiendrai pas rigueur. Après tout, reprendre ma place de prince m'attire déjà tous les regards... Je ne crois pas qu'un sort y change beaucoup.

— Cela étant dit… Mes services te sont acquis. Si tu as besoin de quoi que ce soit, fais-le-moi savoir. Et je ne dis pas ça parce que tu es Prince, ou du moins pas seulement.

— Je le sais, Nubla. Je le sais. Maintenant, partez.

*

Taéla se présenta aux portes du palais le lendemain. Tout était ouvert, mais les gardes contrôlaient entrées et sorties avec attention. Elle s'en sentit un peu nerveuse, mais lorsque vint son tour, elle demanda l'intendant et montra le sceau du prince. Les gardes hochèrent la tête et on la laissa entrer en lui indiquant une aile du palais où il devait se trouver. Il lui fallut plusieurs minutes pour trouver l'aile, et autant pour que l'intendant apparût. Il lui prit la missive des mains, presque sans la regarder.

— Je vois… murmura-t-il. Chasseuse d'argent, hein… Je me demande ce que le prince a avec vous. Cela dit, je ne peux pas vous laisser y aller comme ça. Suivez-moi.

Elle s'exécuta, sa curiosité piquée. Qu'allait-il lui demander de faire avant de pouvoir rejoindre Gwyll ? Elle n'osa pas poser la question, et se contenta d'observer et de suivre les instructions qu'on lui donnait. Elle fut mesurée sous toutes les coutures, on lui fournit un baquet pour se laver, et bien vite, une armure de cuir proche de la sienne, mais sur laquelle les armoiries royales étaient brodées. Ainsi, on saurait qu'elle appartenait au trône, se dit-elle. On lui indiqua aussi de se coiffer en queue de cheval, coiffure adoptée par la majorité des guerriers aux cheveux longs. Ce n'est qu'une fois apprêtée qu'on lui annonça qu'elle allait rencontrer le prince.

Plusieurs heures s'étaient déjà écoulées et Gwalbrevil était à table, seul, lorsque Taéla, précédée de l'intendant, entra.

— Mon Prince, je vous prie de m'excuser, votre garde personnelle est arrivée. Bien entendu, si vous estimez qu'elle ne convient pas, ou que vous désirez plus de personnes, je me tiens à votre disposition, majesté.
— Merci, intendant. Laissez-nous.

Il marqua une pause en attendant d'être laissé seul avec Taéla, puis reprit.

— Alors, tout s'est bien passé ?

— On m'a presque transfigurée pour que je convienne au poste auquel j'aspirais, mais ça va. Et puis, tout le monde n'a pas l'honneur d'être invité à se baigner au palais.
— J'imagine... Bon, ton rôle officiel sera simple. En toutes circonstances, tu dois être à portée de voix et de regard. Lors des repas officiels, tu te tiens derrière moi. Tu surveilles les mouvements de chacun et si tu vois quelque chose de dangereux, tu agis en conséquence ou tu m'informes. Personne ne s'offusquera si de temps en temps tu me glisses un mot à l'oreille. En revanche, il faudra que ce soit rare.
— Bien.
— Malheureusement, tu ne pourras prendre la parole que si tu y es directement invitée. Et tu donneras du Monseigneur ou du Majesté, bien entendu. Mais il y a des chances que personne ne fasse même attention à toi.
— D'accord.
— Tu as des questions ?
— Une seule... Quel est le plan pour la suite ?
— Le plan ?
— Tu vas épouser la princesse de Sonne ?

— Je ne sais pas encore... Je n'ai pas pris de décision. Mais une chose est sûre, fuir ne résoudra pas le problème. Au moins, j'ai arrêté les méfaits de l'Aikdhekor. Mais je n'ai pas de plan pour la suite. Au mieux, te fournir une bonne formation et une paye.
— Je ne vais pas m'en plaindre...
— J'imagine qu'on ne t'a rien donné à manger ?
— Non, effectivement.
— Installe-toi, profites-en. Et dorénavant, mange bien le matin. Tu n'auras pas souvent de repas le midi, seulement le matin et le soir. Bien sûr, lorsque je mangerai seul comme aujourd'hui, je te ferai manger à ma table, mais ce sera exceptionnel.

Gwyll laissa sa place à Taéla, qui mangea sans demander son reste. Une fois son repas terminé, Gwyll, qui était debout devant la cheminée, appela un domestique pour nettoyer la table. Taéla entra dans son rôle et se leva pour aller se mettre dans un coin de la pièce. Gwyll hocha la tête, ce qu'elle prit comme une confirmation. Elle agissait de la bonne façon. Il s'avança vers la porte et elle le suivit. Tout bas dans le couloir, il lui dit :

— Très bien. Continue comme ça. Et ne te laisse pas décontenancer par ce que tu vas voir.

Il la guida jusqu'à une grande salle dans laquelle se trouvaient trois trônes. Le premier était occupé par le roi Krezac, le second fut rejoint par Gwyll, le troisième resta vide. Gwyll fit signe à Taéla de le rejoindre à sa gauche. Elle s'exécuta, la boule au ventre.

— Tu arrives bien tard, remarqua le roi.
— J'accueillais ma nouvelle garde, s'expliqua Gwyll.
— En ce cas, qu'elle se présente.

Gwyll se tourna vers Taéla et lui montra l'estrade devant eux. Elle s'y dirigea, plus lentement qu'elle ne l'aurait voulu et posa le genou à terre.

— Je suis Taéla, je viens de Kembark, à quelques jours de marche au sud. Je suis chasseuse d'argent, au service du prince et, si vous le désirez, à votre service, mon Roi.
— C'est presque une enfant, s'étonna Krezac. Elle doit avoir dix-huit ans tout au plus.
— Dix-sept, corrigea le prince. Mais je lui fais confiance, bien plus qu'à n'importe quel mercenaire.

Nous avons parcouru une partie du pays ensemble et elle est fiable.

— Donnerait-elle sa vie pour te sauver ?

— Je le crois, père.

— Très bien. Merci, Taéla, retourne à ton poste.

Soulagée de ne plus être au centre de l'attention, Taéla retourna derrière Gwalbrevil. Krezac demanda qu'on fasse entrer les premières doléances. Et une longue, longue après-midi commença pour Taéla. L'on se succéda sur l'estrade, espérant que la justice du roi serait de son côté. Parfois, le roi se tournait vers le prince pour lui demander son avis. Aux yeux de Taéla, cela ressemblait à un exercice. Comme si Gwyll devait apprendre à trancher avec objectivité des situations complexes. Mais Gwalbrevil s'en sortait très bien, alors qu'elle devait s'empêcher de changer de position tout le temps. Ses jambes engourdies ne lui facilitaient pas la tâche. Elle espérait s'habituer rapidement. Après tout, combien de fois devrait-elle répéter l'opération dans les jours à venir ? Elle le saurait bien assez tôt.

XI – Renard

*

« De plus, il a une responsabilité particulière. En effet, si le roi venait à mourir sans laisser d'héritier, ou si aucun héritier n'est en âge de reprendre le trône, ce sera à lui qu'incombera la régence du royaume. L'Aikdhekor ne pourra cependant pas démarrer une nouvelle dynastie si des héritiers sont en vie. Il ne sera jamais reconnu comme roi dans ces conditions. Ainsi, l'Aikdhekor restera chef de guerre et régent jusqu'au couronnement d'un nouveau roi. »

Organisation militaire, de Rekan Fekla

*

Les jours s'enchaînaient. Taéla apprenait à se comporter en garde personnelle, et Gwyll n'avait eu que peu à lui reprocher. Elle n'avait pas créé de scandale et suivait les instructions qu'on lui donnait. Malgré l'inconfort de sa position, elle avait appris à rester debout, immobile, pendant parfois plusieurs heures. Elle assistait ainsi à tout ce qu'il se passait à la cour. Les repas avec les nobles, les doléances, les récits de ménestrels, elle observait tout avec attention. Et le soir, lorsqu'elle était seule avec le prince, ils en discutaient ensemble comme si elle était son égale.

Jusqu'au jour où le roi annonça que le roi et la princesse de Sonne, accompagnés de leur cour, étaient en chemin. Le palais entra en ébullition. Tout devait être parfait pour l'arrivée de la fiancée du prince, disait-on. Taéla se contenta d'observer l'agitation en silence, jusqu'au soir.

— Je sais de quoi tu veux parler, commença Gwyll avant même qu'elle ait pu ouvrir la bouche.
— Tu as pris une décision ?
— Comment le pourrais-je ? D'un côté je me condamne, de l'autre je condamne des innocents. Il n'y a pas de bonne solution... Et plus j'y réfléchis, plus je me dis qu'il serait injuste que je mette en danger la vie des miens. Je suis prince, je ne peux pas me permettre de ne penser qu'à moi, n'est-ce pas ?
— Finalement, tu as l'air de l'avoir prise, ta décision, répondit-elle, maussade.
— Peut-être bien... Mais je n'arrive pas à m'y résoudre. Peut-être qu'avec sa venue je serai plus... enclin à accepter ? Qui sait...

— C'est un peu comme si c'était à elle de te faire la cour, réfléchit-elle à haute voix.
— Ce serait bien plus simple si c'était le cas, soupira Gwalbrevil.
— Courage, Gwyll. Je suis avec toi.

Elle l'étreignit. Il n'en avait pas l'habitude, mais ce contact sembla lui réchauffer le cœur. Il accepta l'étreinte et soupira une nouvelle fois. Le cœur de Taéla battait fort. Elle s'efforçait de se montrer une bonne amie, mais l'idée que Gwyll se marie avec une femme qu'il n'aimait pas lui donnait envie de pleurer. Finalement, cette étreinte était autant pour elle que pour lui.

Quelqu'un frappa à la porte, mettant fin prématurément à ce moment de douceur. Taéla, comme à son habitude, se présenta au nouvel arrivant, avant de constater que c'était le roi en personne. Elle se recula humblement en ouvrant la porte devant le monarque. Celui-ci entra et vint s'installer dans un fauteuil près du feu.

— Bonsoir, père, commença Gwyll. Vous désiriez quelque chose en particulier ?
— Je crois qu'il est temps que je te remette quelque chose... J'ai entendu dire que lors de ton absence tu te

faisais appeler Gwyll, et... cela m'a rappelé des souvenirs. Ta mère te surnommait ainsi lorsque tu étais jeune.

— Je m'en souviens. C'est la raison pour laquelle j'ai choisi ce pseudonyme.

— Dans ce cas... Peut-être te souviens-tu aussi qu'elle portait peu de bijoux.

— Je... n'y ai jamais fait attention, avoua-t-il.

— Il n'y avait qu'un collier qu'elle aimait arborer. Une chaîne d'or blanc sertie d'un éclat d'obsidienne. Elle disait qu'il lui portait bonheur et... lorsqu'elle est partie... Elle m'a dit que tu devrais en hériter lorsque tu serais un homme. Je pense que ce jour est arrivé.

Il tendit une petite boîte à son fils, qui y trouva ledit collier. Une larme coula sur sa joue alors qu'il le refermait autour de son cou.

— Merci, père. Mais... pourquoi aujourd'hui ? Qu'ai-je fait qui vous dise que je suis un homme maintenant ?

— Tu as décidé d'affronter ta vie de prince. Cela fait plusieurs jours déjà que j'y pense, mais... L'arrivée prochaine de la princesse de Sonne m'a convaincu qu'il était temps.

— Père... Dois-je vraiment l'épouser ? N'y a-t-il pas un autre moyen ? Des accords commerciaux ne suffiraient-ils pas ?

— Mon fils, ne vois-tu donc pas ? Cela va au-delà d'accords commerciaux. Il s'agit d'unir définitivement deux pays. Sonne n'a pas d'héritier mâle. En épousant la première princesse du royaume, tu unifieras définitivement Sonne et Helbbel sous la même égide. Non seulement il n'y aura plus jamais de guerre avec Sonne, mais Sonne appartiendra à Helbbel !

— Alors... Quel intérêt pour Sonne ? Pourquoi nous faire ce cadeau ?

— Car nous avons su nous en montrer dignes. Tu étais sûrement trop jeune pour t'en rappeler, mais à de multiples reprises, nous sommes venus en aide à Sonne et n'avons rien exigé en retour. Cela nous a valu, je le crains, des railleries de la part du peuple qui ne comprenait pas que nous allions nous battre pour quelqu'un d'autre sans demander plus que de quoi payer les soldats, mais enfin nous récoltons ce que nous avons semé.

— Je vois... Nous faisons des sacrifices pour le bien de la nation.

— C'est cela. N'aie crainte, mon fils. La princesse sera une bonne épouse. Tu apprendras à l'aimer, comme j'ai appris à aimer ta mère. Et Bheldhéis sait combien je l'ai aimée.

— Je crois bien que tout Helbbel le sait, père, sourit Gwyll.

— Eh bien tant mieux, répondit le roi en riant. Et il en sera de même pour toi, mon fils.

Krezac se releva et souhaita une bonne nuit à son fils, qui ne répondit pas. Il sortit et Taéla ferma la porte derrière lui, avant de se tourner vers Gwyll. Elle ne dit rien. Elle avait appris beaucoup, probablement plus qu'il ne l'aurait voulu. Mais c'était là son privilège de garde personnelle.

— Taéla ?

— Oui ?

— Je crois que je vais épouser la princesse de Sonne.

*

La princesse se tenait droit, d'une noblesse sans borne. Son visage était fin, ses cheveux roux, sa peau pâle. Elle portait une robe de soie du même bleu que ses yeux, avec des dentelles pourpres et une bande blanche qui cerclait sa taille fine. Taéla admirait ses traits en silence alors que l'on annonçait le roi Mezzar et la princesse Feril de Sonne. Gwyll était debout et observait l'entrée. Il souriait, même si, se dit Taéla, ce n'était sûrement qu'un sourire de façade.

— Soyez les bienvenus, commença Krezac. Nous sommes heureux de vous accueillir parmi nous et espérons que vous avez fait bon voyage.

— Merci, Roi Krezac, répondit le roi de Sonne. La route fut longue et nous nous réjouissons d'être arrivés.

On installa les invités en fonction de leur rang. La princesse et le prince furent placés l'un à côté de l'autre, à la table haute. Gwalbrevil se montra d'une courtoisie des plus élégantes, et lorsqu'il complimenta la princesse sur les dentelles de sa robe, celle-ci ne put contenir un adorable rougissement. Taéla sourit intérieurement. C'était vrai, elle était charmante. Peut-être réussirait-elle même à conquérir le cœur de Gwyll.

On servit toute la délégation en vin, bière et eau-de-vie, puis en tartelettes aux champignons et aux patates douces et autres petits fours au lard ou à la saucisse. Gwyll ne mangea guère, tout comme la princesse. Les deux semblaient attentifs à ce qu'il se passait autour d'eux, plus qu'à quoi que ce soit d'autre. Parfois, ils se parlaient, mais les conversations étaient brèves, bien que courtoises. Taéla sentait la gêne qui les habitait. Ni l'un ni l'autre ne se connaissaient suffisamment pour vouloir se marier, mais les deux étaient résignés. Elle eut un pincement au cœur. Finalement, les deux auraient besoin de se séduire mutuellement. La cour ne s'annonçait pas sans difficulté.

Le repas dura plusieurs heures avant que les invités ne fussent conduits à leurs chambres respectives, afin de pouvoir se reposer. Gwyll se rendit dans la sienne, suivi de près par la jeune chasseuse d'argent.

— Elle est... tout à fait charmante, soupira le prince.

Taéla ne répondit pas. Elle ne savait pas ce qu'elle pouvait dire. Gwyll reprit.

— Je crois que je pourrais m'attacher à elle avec un peu de temps. Je l'espère en tout cas.
— Elle semble aussi désemparée que toi à l'idée de ce mariage...
— Je ne suis pas un aussi bon parti qu'elle, expliqua-t-il. Elle sert de symbole d'un cadeau à Helbbel. Je crois qu'à sa place, je serais...

— Partie ? Vous êtes dans le même bateau, Gwyll. Je ne crois pas qu'il y ait d'histoire de bon ou de mauvais parti là-dedans.
— Tu as peut-être raison, concéda-t-il. Enfin... Avec un peu de temps et de chance, la situation s'améliorera peut-être.

*

Le silence de la nuit, pesant dans la chambre de bonne qu'occupait Taéla, fut interrompu par un léger cliquetis. Elle n'arrivait pas à dormir et le son ne lui échappa pas. Que faisait Gwyll ? Elle se leva doucement et passa la tête par l'entrebâillement de la porte. Le feu éclairait la pièce d'une lueur diffuse, à peine suffisante pour distinguer l'ombre devant le lit. Gwyll semblait être debout à côté de son lit, faisant face à Taéla. Il lui fallut un instant pour réaliser. La silhouette était trop fine, ce n'était pas le prince.

D'un geste, elle attrapa sa hache et entra dans la chambre.

— Qui va là ? lança-t-elle.

Mais l'ombre ne répondit pas et dégaina deux dagues qui luisirent furtivement. Taéla s'élança en appelant la garde, alors que Gwyll sembla bouger dans son lit. L'ombre bougeait vite, mais elle aussi. Une dague effleura son oreille. Elle entendit le sifflement de l'air à son passage. Mais elle ne se décontenança pas et asséna un coup de mail sur l'épaule gauche de son adversaire. La voix qui surgit était aiguë, comme celle d'une femme ou d'un adolescent. Une dague tomba sur le sol alors que le bras, incapable de bouger, pendait sur le côté du corps. L'ombre s'écarta vers la porte. Elle battait en retraite.

— Gardes ! cria de nouveau Taéla.

Et la porte s'ouvrit soudain, projetant l'ombre au sol. Gwalbrevil, observait la scène d'un œil acéré. Les gardes qui entrèrent trouvèrent donc une Taéla en chemise de nuit, qui tenait en joue une personne toute de noir vêtue, le visage masqué par un épais foulard, étendue sur le sol.

— Cet individu a tenté d'attenter à la vie du prince, expliqua-t-elle.

— Conduisez-le à l'Aikdhekor, ajouta Gwyll. Dites-lui de l'interroger, je veux un rapport dès demain matin. Et postez des gardes devant la chambre de la princesse. Je ne tiens pas à ce qu'elle soit aussi victime de ce genre de tentatives.

— Oui, Majesté, dirent les gardes avant de sortir et d'emmener l'assassin.

— Merci Taéla. Tu m'as sauvé la vie.

— C'est mon devoir, mon Prince, fit-elle en essayant d'imiter Nubla.

Gwalbrevil ne put s'empêcher de rire. Mais en vérité, Taéla était nerveuse. Que se serait-il passé si elle n'avait pas été éveillée ? Gwyll serait mort, bel et bien mort. Et on ne s'en serait rendu compte que le lendemain matin. Elle aurait été interrogée par l'Aikdhekor et, devant l'absence de réponse qu'elle aurait été capable de fournir, elle aurait été sûrement torturée, peut-être condamnée à mort.

Gwyll dut s'apercevoir de son trouble, car il cessa de rire et fit signe à Taéla de s'approcher. Elle s'exécuta, et en un éclair, un poignard était posé sur son cou.

— Ne t'en fais pas, je ne me serais pas laissé faire, affirma-t-il.

— Pour quelqu'un qui n'aime pas les dagues, tu as l'air de savoir t'en servir.

— Je ne tiens pas à être sans défense. Et puis, ce sont les assassins que je hais avant tout.

— Oui, je me souviens, dit-elle en hochant la tête, un sourire revenu sur ses lèvres. J'abhorre les assassins et leurs méthodes de couards, as-tu dit !

Les deux se mirent à rire et finalement, chacun retourna se coucher. Taéla était plus tranquille en sachant que Gwyll était armé et prêt à se défendre. Après tout, contre Gwyll, personne ne pouvait gagner...

*

— Je viens au rapport, mon Prince.
— Parle, Detras.

La salle du trône était presque vide. Là où habituellement quelques nobles se tenaient pour être témoins de la justice du roi, seul l'Aikdhekor faisait face au roi et au prince. Taéla, toujours derrière Gwalbrevil, retint son souffle. Elle n'aimait pas l'Aikdhekor, et le regard qu'il lui lança un instant lui rappela le sire Talda et son visage défiguré. Mais elle se contint et fit mine de ne pas le reconnaître.

— L'assassin vient de Sonne. C'est un opposant idéologique du roi Mezzar. Lui et les siens, restés dans leur pays, refusent de laisser le royaume à un héritier de Helbbel. Ils préconisent la mise en place d'un conseil, le temps que l'on trouve un cousin d'une branche éloignée de la famille pour prendre le trône. Cela leur a été refusé par le roi et cette tentative désespérée n'est qu'un éclat des dissensions locales.

— Je vois, dit le roi. J'en parlerai personnellement au roi de Sonne. Il est inadmissible qu'un opposant politique devienne un danger pour mon fils ou pour son union à la princesse. Qu'avez-vous fait de l'assassin ?

— Nous l'avons exécuté, Sire. Pour tentative de meurtre sur l'héritier de la couronne de Helbbel.

— Tu es trop zélé, s'exaspéra le roi. J'apprécie ta fidélité, mais nous aurions pu le présenter au roi de Sonne afin qu'il donne lui-même une sanction... Enfin, merci, Aikdhekor. Va.

L'Aikdhekor sortit et le roi se tourna vers Taéla.

— Encore merci d'avoir sauvé mon fils, jeune femme. Tu recevras des honneurs publics et on augmentera ta solde. Sois considérée dès lors comme une amie de la famille royale.

— Merci, Majesté, c'est trop d'honneurs pour l'humble chasseuse d'argent que je suis.

— Père, coupa Gwyll, si je puis me permettre, connaissant Taéla, elle ne désirera pas d'honneurs publics. Je ne parlerai pas en son nom, mais je vous demande de lui laisser l'opportunité de refuser ces honneurs.

— Est-ce vrai Taéla ? Refuseriez-vous d'être remerciée publiquement si vous en aviez la possibilité ?

— Le prince dit vrai, Majesté, dit-elle en rougissant légèrement. Je ne suis guère chasseuse d'argent pour la gloire, mais car je souhaite le suivre et le protéger. Si je puis refuser des honneurs publics, alors je le ferai, mon Roi.

— Tu sembles être une femme d'honneur. Très bien. En ce cas, prends ceci.

Il lui tendit une broche en argent représentant un renard, animal ornant les armoiries de la famille royale. Taéla accepta humblement le cadeau, silencieuse, sans se rendre compte de la valeur qu'il avait. Le roi s'expliqua.

— Ceci est la preuve que notre famille te doit une faveur. Lorsque le temps viendra où tu auras besoin de nous, présente cet insigne en mémoire de ce jour. En attendant, tu es libre de l'arborer ou de la garder cachée. Porte-la seulement de façon visible ce soir, au repas.

— Ce sera fait, Majesté, promit Taéla, les joues toutes empourprées par la bonté de son roi.

Elle attacha la broche au col qui dépassait de son armure de cuir et s'inclina profondément. Le roi posa la main sur son épaule, et lui dit qu'elle pouvait reprendre sa place. Encore tremblante, elle s'exécuta, non sans apercevoir le sourire amusé et bienveillant de son mentor. Elle ne put s'empêcher de lui rendre discrètement son sourire. Jamais elle n'aurait cru le sauver, mais surtout, jamais elle n'aurait cru que le roi lui-même lui promettrait une faveur.

— La fille de marchand a bien changé, murmura-t-elle si doucement que seul Gwyll l'entendit.

Il hocha subrepticement la tête. Taéla eut un nouveau sourire. Puis son expression neutre de garde refit enfin surface alors que la porte s'ouvrait sur une doléance…

XII – Noces

*

« Sont-ils beaux ces époux, ils se tiennent la main

Ils se parent de bijoux, chantent le même refrain

La paix est sur nous, disent-ils avec entrain

Car pour ces grandes noces, Bheldhéis nous soutient

Sont-ils beaux ces époux, le prince et la princesse

Qu'avec eux tout le monde puisse crier sans cesse

Que la gloire touche Sonne, que la gloire touche Helbbel

Car c'est ensemble, enfin, qu'ils volent à tire-d'aile

Sont-ils beaux ces époux, qui s'unissent en ce jour

En ce jour ils s'unissent, ils s'unissent pour toujours

Et si quelqu'un venait à haïr cette union

Qu'il en soit maudit et qu'on oublie son nom »

Les beaux époux, du ménestrel Beauvoix

*

La journée ensoleillée, reliquat de l'été achevé, redonnait des couleurs aux jardins du palais royal. Les arbres encore verts profitaient de la lumière, les quelques fleurs tardives coloraient les parterres, et une douce brise rendait le temps agréable. Gwalbrevil marchait au côté de la jeune Feril, et Taéla se tenait quelques pas en arrière. Ce n'était pas leur première promenade, mais la chasseuse d'argent, curieuse, déplorait qu'ils parlassent trop bas pour qu'elle pût les entendre. Parfois, elle captait un éclat de rire ou un rougissement de la princesse de Sonne, d'autres fois Gwyll détournait le regard ou affichait son sourire en coin. Tout se passait bien, jugea Taéla. S'ils n'étaient pas amoureux, au moins s'entendaient-ils bien.

Le couple s'arrêta et Taéla fit de même. Le prince s'approcha de l'oreille de sa compagne et lui murmura quelque chose. Elle rougit furieusement, mais se glissa contre lui. Il l'étreignit et caressa sa chevelure rousse. Taéla croisa le regard de son prince. Il prit une teinte rosée et s'éclaircit la gorge. Amusée, Taéla feignit de ne rien avoir vu. Il était adorable, songea-t-elle. Quoi qu'il pût en dire, la princesse ne le laissait pas indifférent. Peut-être, après cette semaine de visite, commençait-il à s'attacher. À chacune de ses tentatives d'avoir plus d'informations, il avait biaisé, voire refusé de répondre.

Mais à force, le doute n'était plus vraiment de mise. Il l'aimait, au moins un peu, Taéla en était certaine.

Ils croisèrent Krezac et Mezzar au détour d'un chemin.

— Comment vont les jeunes fiancés ? demanda Mezzar avec son accent de Sonne.
— Nous profitons de la beauté de la journée, répondit humblement Gwalbrevil. C'est un don des dieux de pouvoir montrer les jardins à votre fille. Et elle les rend plus beaux encore par sa seule présence.

La princesse rougit, et Taéla dut se contenir pour ne pas montrer son amusement. Il était adorable. Non, ils étaient adorables.

— Gwalbrevil me contait les moments passés avec feu sa mère dans ces jardins. Ils forment de beaux souvenirs. J'eusse aimé être là pour y assister de mes yeux.
— Eh bien, dit Krezac d'une voix bienveillante, si les dieux le permettent, vous pourrez créer les vôtres avec vos propres enfants.

Taéla ne réussit pas à réprimer un sourire, mais personne ne sembla le remarquer. Elle se reprit et inspira longuement. Elle devait se contenir, c'était son devoir. Peu importait la joie que lui inspirait ce couple.

— Eh bien, mon bon ami, reprit Mezzar, je crois que nous pouvons leur annoncer la nouvelle.
— Nous avons décidé, suite aux différends politiques et aux risques qu'ils comportent, d'accélérer la cadence, annonça Krezac. Vous vous marierez dans deux semaines, jour pour jour.
— Nous savons que cela peut être un choc pour vous, mais il en va de l'union de nos deux pays. Qu'en pensez-vous ?

Il y eut une pause. Le prince regarda sa promise, un instant, et sembla trouver dans ses yeux la réponse qu'il cherchait. Il posa le genou au sol et annonça :

— Ô, Roi de Sonne, je ne puis vous être plus reconnaissant de la confiance que vous m'accordez, ainsi qu'à mon pays. C'est un honneur pour moi que de m'unir à votre fille. Si vous m'estimez assez pour m'offrir de l'épouser dans un si bref délai... Je n'ai pas les mots pour vous exprimer ma gratitude. Je vous jure que je m'efforcerai de me montrer digne d'elle.

Taéla était abasourdie. Elle savait que Gwyll pouvait se montrer habile de ses mots, mais... parlait-il par devoir ou par sentiments ? Quelle était la place de l'une ou de l'autre de ces composantes ? Un instant, elle craignit que la politique soit le réel moteur de sa tirade, mais l'instant d'après, la princesse releva Gwyll et lui offrit un baiser sur la joue. Son teint s'empourpra immédiatement. Taéla sourit intérieurement. Elle n'avait guère de doute. Le devoir ne donne pas cette couleur de peau.

*

— Deux semaines, dit-elle d'un ton enjoué. Alors, Gwyll, finalement, ça n'a pas l'air si terrible, ces épousailles.
— Ne fais pas l'enfant, répondit Gwyll d'un ton songeur. Tu as gagné. Je crois bien que je l'aime, cette princesse. Elle est douce, intelligente, sensée. Elle sera une bonne reine.
— Et une bonne épouse, compléta la chasseuse d'argent, n'est-ce pas ?
— Sûrement. Cela étant dit, je suis inquiet. Ce changement de date ne me dit rien qui vaille. Si la pression politique est telle qu'elle force les rois à

prendre ce genre de décisions, c'est qu'il y a un danger relativement imminent.
— Tu crains pour la vie de la princesse ?
— Oui... J'ai peur qu'il lui arrive quelque chose.
— Tu es adorable.
— Ce n'est pas le moment, s'exaspéra-t-il. J'ai besoin de te demander un service. Enfin, il faudra que ce soit accepté par Mezzar et Feril, mais... Je ne leur demanderai que si tu es d'accord.
— Je t'écoute ?
— Accepterais-tu de servir de garde personnelle à la princesse de Sonne jusqu'à notre mariage ? Je sais que cela nous éloignerait quelque temps, mais... J'ai confiance en toi pour cela. Plus qu'en quiconque.
— Ma foi, dit-elle après une pause, je ne vois pas comment je pourrais te refuser quoi que ce soit après avoir entendu cela. Je tâcherai de me montrer digne de ta confiance.

*

— Taéla, c'est bien cela ?
— C'est cela, Madame. Pour vous servir.
— Merci de me protéger. Je suis un peu mal à l'aise, mais... Je suis plus rassurée.

— Je ne fais que mon devoir, Madame.

— Appelle-moi Feril. Soyons amies, ce sera plus facile pour toutes les deux.

— Je… vais essayer, promit Taéla.

— Gwalbrevil m'a un peu expliqué votre relation. C'est ce qui m'a convaincu d'accepter. Tu as l'air d'être une bonne personne.

Taéla ne sut que répondre. C'était la première fois qu'elle discutait avec la princesse de Sonne, et elle ne savait pas encore comment prendre les compliments. Elle semblait sincère, mais savoir que Gwyll avait parlé d'elle à la princesse sans qu'elle s'en aperçoive provoquait chez elle des sentiments partagés. D'un côté, cela montrait que le prince avait effectivement une certaine estime d'elle. C'était agréable. De l'autre, elle aurait aimé savoir qu'elle avait été un sujet de conversation.

— Dis-moi, reprit la princesse, que penses-tu de Gwyll ?

— C'est un homme droit et courageux. Il est bon et essaie d'être juste. Je crois qu'il y arrive.

— Et Il est bel homme, compléta Feril.

— Il me semble, oui, confirma Taéla. Quoiqu'un peu âgé à mon goût. Mais je suis jeune.

— C'est vrai, dix-sept ans si je ne me trompe pas ?
— C'est cela.
— J'ai de la chance, peut-être serait-il tombé amoureux de toi autrement.
— Vous... Vous croyez ? rougit la chasseuse d'argent. Je ne suis pas aussi belle femme que vous. Et...
— Je dis ça pour te taquiner, coupa la princesse. Enfin, peut-être que dans une autre vie... Nous ne le saurons sans doute jamais. J'espère ne pas t'avoir mise mal à l'aise.
— Non, non, ce n'est pas la première fois que l'on nous fait une remarque de cet ordre. Je crois que ça m'amuse plus qu'autre chose.
— Tant mieux ! Et notre mariage ne te semble pas trop... étrange ?
— Ai-je la permission de parler franchement ?
— Bien sûr, je te l'ai dit, nous sommes entre amies.
— Je trouve que vous formez un couple tout à fait adorable. J'avais peur que le prince ne doive se forcer pour se marier, mais je crois qu'il a développé des sentiments pour vous.
— Il... Oui, c'est l'impression que j'ai eue aussi. Cela me rassure, j'avais peur de me faire des idées. Je

l'aime, tu sais ? Je l'ai aimé au premier regard. Je l'admirais déjà, ce prince prêt à renoncer à sa liberté pour son devoir, pour moi. Mon père était furieux qu'il ait disparu, mais dès son retour, il a accepté que Gwalbrevil ait eu besoin de vivre quelque chose de particulier pour devenir un homme. J'aurais voulu être capable de m'enfuir et de vivre par mes propres moyens, comme lui. Mais je n'aurais pas su gagner mon pain comme il l'a fait.
— Il est courageux, c'est un fait. Lorsqu'il s'est enfui, il est devenu chasseur d'argent. Il était doué. C'est grâce à lui que je suis devenue chasseuse à mon tour.
— Il ne me l'avait pas dit ! Raconte-moi !

Taéla narra l'histoire de Steg-Angwi, la prophétie, la bête de Nubla, le stratagème contre l'Aikveig. Feril souhaitait toujours en savoir plus, aussi ne lui cacha-t-elle rien. Elle enchaîna avec leurs aventures à Polkras, puis à Heklan, le départ de Gwyll, et enfin, comment elle l'avait retrouvé. La nuit était déjà bien avancée lorsqu'elle conclut son histoire. La princesse semblait émerveillée.

— Eh bien, fit-elle sans pouvoir retenir un bâillement de fatigue, voilà que le temps s'est écoulé plus vite que je ne l'aurais cru. Merci pour cette histoire, Taéla, je comprends un peu mieux le lien qui vous unit. C'était un beau récit.

— Merci, Madame... je veux dire, Feril. Ce fut un plaisir de vous le conter. Je ne suis pas barde, mais j'espère ne pas avoir été trop ennuyeuse.

*

La première semaine était passée vite. Nul incident n'était à déplorer et Taéla s'était beaucoup rapprochée de la princesse. Quand celle-ci n'était pas avec Gwyll, elle passait le plus clair de son temps à discuter avec la chasseuse d'argent. Les deux avaient noué une forme d'amitié, basée non pas sur une admiration commune du prince comme elle l'aurait supposé, mais sur un respect mutuel. La princesse était certes charmante et douce, mais Taéla lui avait découvert un côté très pratique. Elle comprenait bien les affaires politiques et dénonçait les déboires qu'elles produisaient. Elle avait un avis éclairé sur la plupart des sujets, et l'humilité de reconnaître lorsqu'elle ne connaissait pas suffisamment l'un d'eux pour se prononcer.

Quant à sa relation avec son père, elle était un peu... houleuse. Ils s'aimaient, tous les deux, mais son père était un dirigeant dur, et ce trait de caractère se retrouvait dans sa façon de lui parler. Taéla comprit bien vite que la raison principale de ses efforts pour être cultivée et à même de trouver des solutions politiques fortes était en fait sa volonté de prouver à son père qu'elle était capable d'assumer ses futures fonctions de reine. Elle comprit aussi que Sonne, bien que proche de Helbbel par bien des aspects, était un pays très différent. Là-bas, les guildes avaient très peu de pouvoir, et il n'y avait pas d'Aikdhekor. Le roi assumait ces fonctions en plus de celles, plus conventionnelles, du roi de Helbbel. Ce rôle demandait plus de dureté, peut-être presque de méchanceté ; sans doute était-ce pour cela que Krezac avait besoin d'un Aikdhekor aussi rude que Detras.

Puis vint la seconde semaine, toute dédiée aux préparatifs du mariage. La princesse était sans cesse entourée de bonnes, de couturières et de coiffeuses. Taéla observait cela d'un œil amusé, mais vigilant. Toutes ces longues épingles, pointues comme des poignards, ne la rassuraient pas. Mais rien ne se passa différemment de ce qu'elle eut attendu et nul n'attenta à la vie de Feril. Comment se passaient les préparatifs pour Gwyll ? Que n'aurait-elle donné pour avoir accès à l'œil de sang et pouvoir surveiller les deux en même temps... Elle se morigéna intérieurement. Sa curiosité devenait maladive, se dit-elle.

Puis vinrent les premières festivités, la veille des noces. Un grand banquet où étaient conviés les nobles de tout le pays, ainsi que de Sonne, fut donné. Taéla dut redoubler de vigilance. Nul doute que parmi les nobles de Sonne se trouvaient des opposants. Peut-être ne tenteraient-ils rien, mais... mieux valait être préparée. La princesse portait une grande robe d'un rouge éclatant, aux volants d'un blanc immaculé. Elle était si belle... D'ailleurs, Gwyll semblait tout à fait séduit. Il portait une veste noire, rayée de rouge, sur une chemise blanche. Ses chausses étaient noires et bâillantes. Il lui rappelait un peu le sire Talda, si ce n'était les armoiries royales qui ornaient sa poitrine.

Il portait aussi l'épée, ce qui n'étonna qu'à moitié Taéla. En effet, une épée d'apparat n'avait rien de choquant, et la majorité des nobles ne remarqueraient même pas qu'il s'agissait d'une véritable lame. Gwyll était prêt à se défendre, ainsi que sa bien-aimée. Taéla masqua un léger sourire. Il ne laissait rien au hasard. Elle nota que l'on servait beaucoup d'alcool, plus que de raison. Gwyll toucha à peine à son verre, mais, elle le savait, il n'aimait pas cela. Feril but deux verres, mais ne sembla pas trop affectée. Ses joues étaient à peine empourprées quand, de l'autre côté de la salle, un jeune homme se leva et vint présenter ses hommages au prince et à la princesse.

Il était plutôt bel homme, se dit Taéla. Il portait une belle tunique bleue, taillée à la mode de Sonne. Ses chausses, moulantes, laissaient apercevoir des jambes musclées. Il avait de beaux cheveux blonds et des yeux bleu clair, qui brillaient d'une expression résolue. Il semblait avoir bu, mais se contenait tout de même. Il posa le genou à terre et commença à parler.

— Ô futurs Roi et Reine de Helbbel et de Sonne, permettez-moi de me présenter. Je suis Velêk, fils de Taork et jeune noble du duché de Krimn en Sonne. Je viens vous présenter les honneurs de ma famille.

Aussitôt, il s'élança en avant et bondit sur la table. Il y eut un éclair, et l'instant d'après, il était au sol, la hache de Taéla posée sur la poitrine, et un poignard quelques mètres plus loin. Gwyll avait à peine eu le temps de poser la main sur la garde de son épée. Tout le monde s'était tu et regardait le nobliau. Son sang coulait. Une noble hurla et la garde se mut enfin. Mezzar, hébété par l'alcool, se leva et cria néanmoins :

— Que ce malotru soit exécuté ce soir même ! Que chacun retienne que nul ne s'en prend à ma fille ou à son futur époux ! Ce crime doit-être puni de la pire des sanctions !

— Il sera fouetté à mort, confirma Krezac, plus doucement. Tel est le sort réservé à qui commet un crime de lèse-majesté.

Les gardes emmenèrent le jeune noble blessé. On nettoya le sang et Taéla regagna sa place. Mais les regards étaient désormais tournés sur elle. Par un effort de volonté, elle se força à ne pas s'empourprer. Mais Mezzar se leva et vint se poster à côté d'elle. Il saisit le poignet de la jeune femme, le leva, et appela une ovation. La chasseuse d'argent fut applaudie par la foule de nobles, et cette fois, ses joues prirent des couleurs. Finalement, elle avait droit à des honneurs publics… Krezac les rejoignit et posa sa main sur l'épaule de la chasseuse d'argent, comme pour confirmer l'avis du roi de Sonne. Le prince et la princesse se levèrent à leur tour pour honorer leur sauveuse. Et bientôt, elle fut assise à la droite du prince.

— Alors, lui dit-il, comment te sens-tu vis-à-vis de ces honneurs ?
— Mal à l'aise, répondit-elle honnêtement. Mais en même temps, je me doute que je n'aurais pas pu espérer autre chose après cet attentat public.
— Tout à fait. Ne pas te faire honneur aurait été un manque de reconnaissance flagrant et aurait coûté très cher à mon père et à son invité, politiquement.
— J'imagine.
— Merci, Taéla. Et bien joué, tu as été plus rapide que moi.
— J'ai été bien entraînée, dit-elle sur le ton de l'humour.

*

Les noces furent grandioses. Taéla n'avait jamais vu de mariage, mais celui-ci devait être le plus beau de tous. Tout était paré de blanc, d'or et d'argent, et même les écussons royaux, arborant habituellement le rouge, avaient été remplacés pour l'occasion. Les mariés, dans des tenues de blanc et d'or, avaient été entourés de suivants vêtus de couleurs argentées qui brillaient sous le soleil de la journée.

Les vœux de mariage furent prononcés devant le grand temple de Bheldhéis et bénis de l'Aikdhei en personne. Puis il y eut une procession du temple jusqu'à la grand-place, et de la grand-place jusqu'au palais. Tout était grandiose. Des musiciens accompagnaient la marche avec des mélodies joyeuses, des bardes chantaient la prospérité et la splendeur du couple, la foule en liesse poussait des acclamations dès qu'elle apercevait les époux.

Ceux-ci se tenaient la main et marchaient, au milieu de la procession, suivis de près par Taéla qui, bien que mal à l'aise au milieu de tout ce monde, était heureuse que tout se passât bien. Les mariés semblaient heureux, le peuple aussi. Et après le bruit qu'avait fait l'attentat de la veille, il y avait peu de chances que quiconque tentât quoi que ce fût. Enfin, il fallait tout de même qu'elle restât vigilante, et elle s'y efforçait.

Une fois la procession arrivée au palais, il y eut un grand banquet, ouvert à toute la ville, et plus encore. Taéla crut reconnaître, dans la foule, Krevil, le chasseur d'argent et vieil ami de Gwyll. Elle eut aussi le plaisir de voir Nubla venir présenter ses hommages au prince. Elle ne lui adressa qu'un signe de tête discret, mais immédiatement, Taéla se sentit plus sereine. Si Nubla était là, quiconque tenterait quoi que ce fût serait vite piégé, même à distance.

Le bal aussi fut mémorable. Taéla découvrit que l'agilité de Gwyll ne tenait pas seulement au combat, mais qu'il était aussi un fin danseur. L'un venait peut-être de l'autre, se dit-elle. Quant à la princesse, elle l'avait vue enchaîner quelques pas auparavant, aussi ne fut-elle pas surprise de la voir à son aise sur la longue valse qu'ils dansèrent seuls. La foule, silencieuse, admira le spectacle pendant de longues, merveilleuses minutes. Ils étaient beaux, tous deux, à danser comme si rien d'autre n'existait autour d'eux... Leurs visages s'effleuraient souvent, et malgré la chasteté de leurs échanges, l'on devinait le désir qui les dévorait.

Ils furent ensuite rejoints pour la deuxième danse par une cinquantaine de nobles, et quelques enfants qui essayaient de suivre les pas des adultes. La musique, plus entraînante, emporta tout le monde dans des pas enivrés qui ravirent tout le monde. Les plus modestes purent enfin rejoindre la troisième danse, et dès lors, on dansa jusqu'au lever du jour. Mais Taéla n'avait pas perdu des yeux le prince et la princesse et, lorsqu'ils s'étaient éclipsés, Gwyll lui avait lancé un regard entendu, qu'elle avait interprété comme la fin de son service pour la soirée.

Libérée, elle se dirigea vers Nubla qui, profitant de ses pouvoirs, avait organisé un petit spectacle de magie pour les enfants près d'une des cheminées. Ici, les flammes dansaient comme les hommes, et une distance respectueuse séparait le foyer des spectateurs. Nubla remarqua la présence de la chasseuse d'argent et lui lança un sourire, alors que les flammes montraient un prince et une princesse flamboyants qui tournoyaient en l'air. Taéla profita du spectacle jusqu'à ce qu'il se finît. Les enfants et quelques parents applaudirent, et Nubla fit la révérence avant de s'écarter de la cheminée pour venir vers Taéla.

— C'était une sacrée représentation, dit cette dernière, admirative.
— Merci. C'était improvisé, mais je crois bien que le public était conquis.
— Comment vas-tu ?
— Comme une sorcière solitaire au milieu du plus grand mariage de cette génération, je ne me sens pas à ma place, mais je survis ! Et toi ?

— Comme une garde qui vient de finir son service pendant le plus grand mariage de cette génération, dit-elle non sans un sourire en coin. Je suis plus à mon aise. D'autant qu'on semble m'avoir oubliée depuis hier.
— Ah oui, le fameux attentat. Toutes mes félicitations.
— Merci...
— Alors, cette princesse, qu'en penses-tu ?
— Je crois que Gwyll a beaucoup de chance d'être tombé sur elle.
— C'est une perle rare, confirma Nubla comme si ce n'était pas elle qui avait posé la question.
— Tu as observé ?
— Comment aurais-je pu m'en empêcher ? Gwyll qui abandonne sa vie de chasseur d'argent pour épouser une femme, et on attendrait de moi que je n'essaie pas de voir qui elle est ? Ce serait bien mal me connaître.
— Certes. Il faut dire que tu l'aurais bien épousé, toi, ce prince, n'est-ce pas ?
— Je ne dirais pas que je l'aurais épousé, mais si j'avais pu... Enfin, il est trop tard pour avoir des regrets. Et puis, ce n'est ni le lieu ni le temps pour en parler.
— Je ne te savais pas comme cela, sourit Taéla.

— J'étais jeune mariée quand je suis devenue veuve. Certaines choses me manquent. Tu comprendrais sûrement si tu avais essayé.
— Peut-être... Enfin, pour le moment, ce genre de choses ne m'intéresse pas. Je préfère me concentrer sur mon nouveau métier.
— Je comprends. Tu as l'air de t'être faite aux codes de la cour !
— On m'a bien facilité la tâche. Je suis amie avec les deux personnes que je suis censée protéger. C'est... confortable, avoua-t-elle.
— Eh bien, tant mieux ! conclut Nubla avant de passer à autre chose. Que dirais-tu que nous allions danser ?
— Avant cela, j'ai un service à te demander...
— Je t'écoute ?
— J'aimerais que tu surveilles le palais quand tu rentreras... Je crains que les tentatives d'assassinat ne continuent et tes observations ne seront pas de trop.
— Tu me demandes d'espionner le palais ?
— Je ne l'aurais pas dit comme ça, mais... Oui, c'est ce que je te demande.

— N'en dis pas plus, je m'en charge. Après tout, il s'agit de protéger Gwyll et son épouse. Maintenant, allons danser !

Et elles dansèrent ensemble et profitèrent de la fête jusqu'à ce que la fatigue les gagnât. Elles se séparèrent ensuite et Taéla partit, plus par habitude qu'autre chose, vers la chambre de la princesse. Par chance, ce n'était pas là que se reposaient les nouveaux époux et elle ne dérangea personne en allant se coucher. De beaux jours les attendaient, ces amoureux, songea-t-elle en s'allongeant. De bien beaux jours, si Bheldhéis le voulait.

XIII – Enquête

*

« C'est aussi en Sonne que l'on trouve les plus beaux bijoux. En effet, les mines d'onyx et d'améthyste qui s'y trouvent donnent des pierres d'une qualité extraordinaire, et là où des joailliers de Helbbel ou de Kemn taillent les pierres pour les faire ressembler à ce qu'ils veulent, ceux de Sonne cherchent à épouser les formes originelles des pierres. Cela donne des bijoux aux formes incongrues, mais aussi un charme qu'on ne retrouve qu'en Sonne. »

Richesses de Sonne, de Kelim Sulpro

*

Plusieurs semaines s'étaient écoulées depuis le mariage. Le palais avait retrouvé son calme et Taéla avait repris sa place auprès de Gwyll. Cela ne l'empêchait cependant pas d'avoir des conversations seule-à-seule avec Feril. Les deux époux, même s'ils passaient le plus clair de leur temps ensemble, avaient toujours des occupations différentes, et lorsque Gwalbrevil avait la sensation d'être en sécurité, soit parce qu'il était armé, soit parce qu'il était entouré de gardes, il envoyait souvent Taéla tenir compagnie à la princesse.

Parfois, cependant, il l'emmenait avec lui lors des parties de chasse à courre, ou pour ses entraînements à l'escrime. Si les combats plaisaient à Taéla, les parties de chasse ne l'enchantaient guère. Il s'agissait à ses yeux d'un sport barbare, dans lequel les chasseurs passaient plus de temps à suivre une meute de chiens qu'à effectivement chasser eux-mêmes. Mais son avis ne comptait pas, et il s'agissait visiblement de moments très prisés des nobles, au cours desquels ils espéraient gagner les faveurs du prince. Et le prince, tout à son devoir, ne pouvait refuser ces moments de politique.

Le roi participait aussi régulièrement à ces véneries. Et ce jour-là était de ceux-ci. Les chiens couraient, poursuivis par les hommes à cheval. Un grand chevreuil tentait tant bien que mal de fuir, mais les chiens le prirent en tenaille. L'un d'eux sauta à son cou, mais il parvint à l'éviter. D'un coup de bois, il se fraya un chemin dans la meute. Les chasseurs bandèrent leurs arcs. Il y eut une volée de flèches. La plupart ratèrent, mais l'une d'elles se planta dans le flanc de la bête, une autre dans sa gorge. Les chiens hurlaient comme des loups. La chasse touchait à sa fin.

Taéla regarda vers Gwyll. Il donnait l'air de s'amuser. Elle hocha la tête et se tourna vers la monture du roi... Il n'était pas dessus. La chasseuse d'argent s'approcha de son prince.

— Mon Prince ! Votre père a disparu, il n'est plus sur son cheval ! Nous devrions rebrousser chemin !
— Vas-y, dit Gwyll en hochant la tête. Je te rejoins dans un instant, le temps de rappeler les autres.

Elle s'exécuta. Elle appelait son roi, mais les cris des chiens devaient couvrir sa voix, car il ne répondait pas. Elle revenait vers le groupe lorsqu'elle le vit enfin. Il faisait une masse sombre, tombé dans un buisson. Elle mit pied à terre et se rua vers lui. Un carreau d'arbalète était planté sous son épaule. Le sang coulait.

— Le roi est blessé ! cria-t-elle.

Il était inconscient. Taéla s'efforça de le mettre dans une position plus confortable. Le carreau n'avait pas traversé, il faudrait l'extraire.

— Faites venir un guérisseur ! s'écria Gwyll en arrivant.

— Il respire encore, souffla-t-elle au prince.
— Bheldhéis merci... Par les dieux, si je retrouve celui qui a fait cela...

Il ne finit pas sa phrase. Taéla savait ce qu'il avait en tête. Il paierait. Non seulement pour avoir attenté à la vie du roi, mais aussi pour avoir attaqué le père de Gwyll.

Le guérisseur fut amené rapidement. La tunique du roi avait été déchirée pour nettoyer la plaie. Il fallut de longues minutes pour extraire le carreau sans trop déchirer les chairs. Mais cela ne se fit pas sans les ouvrir davantage. Le sang ne coulait plus. Ce n'était pas normal.

— Laissez-moi passer ! fit une voix féminine. Par les dieux, je suis au service du prince ! Laissez-moi passer !
— Nubla ! s'écria le prince. Laissez-la passer sur le champ !
— Le carreau était empoisonné. Je peux le sauver. Mais il me faut de la place !

Le prince et la chasseuse d'argent firent reculer tout le monde pour laisser place à la sorcière. Elle s'assit et posa la main sur la plaie. Le roi, toujours inconscient, tressaillit sous son contact. Elle se concentra.

— Allez... murmura-t-elle. Allez... Tenez le coup... Encore quelques secondes.

Soudain, elle rejeta le bras en arrière, et un long filet noir, presque solide, sortit de la plaie béante. Le roi hurla.

— À moi ! J'ai si mal !
— Votre Majesté, je vous en prie, ne bougez pas, je suis en train de vous soigner.

Il hurla de nouveau de douleur, et Gwyll dut s'interposer pour que personne ne dérangeât la sorcière. Après un instant, elle se releva, couverte de sueur. Elle se tourna vers le guérisseur.

— Prodiguez-lui des soins. Il survivra. Mais il sera affaibli. Il a perdu beaucoup de sang.

Elle pointa du doigt le long filet noir qui s'était étendu sur le sol, et qui formait un boudin insalubre. Cette chose était donc son sang ? Quel genre de poison était-ce donc que cela ? Les questions se bousculaient dans la tête de Taéla alors que l'on déposait le roi sur une civière. Gwyll s'approcha d'elle.

— Il semblerait que mon père ait, à son tour, besoin de protection...

— Oui, répondit-elle en hochant la tête. Qui pourrait en vouloir au roi ? Les opposants de Sonne ?

— Cela ne tient pas debout. C'est à ma vie qu'ils en voulaient. Et... maintenant que nous sommes mariés, nos pays sont unis, quoi qu'il advienne.

— Alors qui ? C'est un bon roi. Il est aimé de tous.

— Je ne sais pas, Taéla. Je n'en ai pas la moindre idée...

*

Le roi était assis dans son lit. C'était la première fois qu'il recevait de la visite depuis les quelques jours où il était alité. Il avait repris des couleurs, et si sa blessure semblait toujours le faire souffrir, il était à présent capable de se tenir droit sur son séant. Nubla s'approcha et présenta une large révérence. Taéla, qui était chargée de l'accompagner, s'inclina à son tour.

— C'est donc vous, la sorcière qui m'a sauvé la vie.

— Je n'ai fait que mon devoir, dit Nubla, s'inclinant de nouveau.

— La famille royale vous en est reconnaissante. Dites-moi ce dont vous avez besoin, vous l'obtiendrez.

— Je n'ai nul besoin qui demande à être comblé, mon Roi. Mais je serais heureuse de pouvoir séjourner au palais de temps à autre.

— Je sais que vous êtes une amie de mon fils, dit le roi après un instant de silence. Vous êtes la bienvenue au palais. Tous sauront que vous pouvez circuler librement ici. Et si vous avez besoin de quoi que ce soit, faites-le-moi savoir, à moi ou au prince.

— Je ne puis vous remercier assez, mon Roi.

— C'est moi qui ne puis assez vous remercier de ce que vous avez fait. Quant au coupable, j'ai appris qu'on l'avait trouvé grâce à vous. Pouvez-vous m'expliquer comment vous avez fait ?

— Je dispose, expliqua Nubla, d'un sortilège qui me permet de voir tout ce qu'il se passe dans une zone. J'ai vu l'arbalétrier se préparer et vous suivre à la chasse. Je n'ai pas eu le temps d'intervenir avant qu'il ne tire, malheureusement, tout comme je n'ai pas pu savoir d'où il tenait ses ordres. Tout ce que je sais c'est qu'il s'agissait d'un des membres de la garde de Meoran.

— Un traître parmi les gardes de la capitale ? L'Aikdhekor en découvrira sûrement plus, affirma le roi. Je crois savoir que mon fils ne le porte pas dans son cœur, mais c'est un bon Aikdhekor. Ses méthodes, bien qu'elles ne m'enchantent pas toujours, sont efficaces.

— Je n'en doute pas, Majesté.

— Bien. Vous pouvez disposer, noble sorcière. Merci encore pour votre aide.

*

Feril était assise devant la cheminée, l'air pensif. Taéla profitait des restes du repas qui lui avait été servi. L'Aikdhekor avait fait son rapport un peu plus tôt. Il n'avait pas réussi à faire parler son prisonnier... Et l'avait exécuté. C'était absurde. Il devait être stupide. Comment espérait-il obtenir quelque information que ce fût en tuant à brûle-pourpoint le seul homme qui pouvait en donner ? C'était un imbécile. Elle imaginait la scène. Ce jeune homme qui lui résistait, lui qui perdait patience, jusqu'à ce que son égo prît le dessus et lui intimât de le tuer. Pourquoi fallait-il donc que cet homme fût responsable de l'enquête ? N'importe qui d'autre, dans la garde royale, aurait mieux fait l'affaire, elle en était certaine. À moins qu'il ne soit impliqué ? Non, elle ne devait pas laisser sa haine pour lui guider ses réflexions.

— Tu es bien silencieuse, remarqua Feril.
— Je réfléchissais, répondit-elle en se tournant vers la princesse.
— À quoi donc ?
— L'Aikdhekor a tué celui qui a tenté d'assassiner le roi avant d'avoir pu obtenir quoi que ce soit de lui. Je trouve cela stupide.
— Eh bien, toi qui ne l'aimais déjà pas beaucoup, son cas ne s'arrange pas.
— En effet. Je ne comprends pas son action. Comment peut-il être à ce poste si son égo l'empêche de prendre de bonnes décisions ?
— Seul Krezac peut répondre à cette question...
— J'admets ne pas être assez courageuse pour le lui demander...
— Je dirais surtout que tu possèdes trop de bon sens.
— Peut-être...
— Et ton amie sorcière... Ne peut-elle pas y faire quelque chose ?
— Je ne crois pas qu'elle pratique la nécromancie.
— Non, ce n'était pas mon propos. Mais ne m'as-tu pas dit qu'elle pouvait tout voir ?

— Ce n'est pas vraiment tout... Mais elle voit beaucoup de choses. Elle en discute en ce moment même avec votre époux.

Feril hocha la tête et ne dit rien de plus. Taéla, son repas terminé, vint s'asseoir sur le fauteuil à côté de la princesse. Le silence s'éternisa jusqu'à ce que Gwyll passât la porte. Il semblait fatigué, mais surtout en colère. Feril se leva et vint à la rencontre de son aimé. Elle lui offrit une étreinte, qu'il accueillit avec un ostensible soulagement.

— Que se passe-t-il ? demanda la princesse.
— C'est l'Aikdhekor... Il... n'a pas été très honnête avec nous.

Taéla se leva à son tour. Cette déclaration l'inquiétait. Elle s'approcha du couple pour montrer son intérêt et Feril mit fin à l'étreinte. Gwyll se tourna vers la table et remplit une coupe de vin qu'il descendit cul sec. La chasseuse d'argent tiqua. Boire n'était pas dans les habitudes du prince. Il reposa la coupe sur la table et s'assit sur une chaise avant de reprendre.

— Nubla a assisté à l'interrogatoire avec son œil de sang. Elle n'y a pas vu un homme questionné, mais un homme puni. L'homme demandait pitié et assurait que la prochaine fois il ne se tromperait pas. Mais comme vous le savez déjà, il n'y aura pas de prochaine fois pour lui.

— Attends, coupa Taéla, je ne te suis pas. Comment ça, il ne se tromperait pas ?

— D'après Nubla, j'étais la cible de cette attaque. Et... L'Aikdhekor n'est peut-être pas innocent dans cette histoire.

Taéla bouillonnait. Elle s'était refusée à croire ce sentiment qui lui intimait la culpabilité de l'Aikdhekor. Ce ne pouvait être que sa haine pour lui, s'était-elle dit. Mais à présent, elle n'était plus la seule à le soupçonner.

— Nous ne pouvons pas le confronter, ajouta Gwyll. Il nous faut des preuves. J'ai confiance en Nubla, mais mon père aura plus de réticence à la croire. L'Aikdhekor le sert depuis mes dix ans... Une telle trahison lui serait impensable.

— Alors, demandons à Nubla de le suivre lui ! Il laissera bien quelqu'un dans son sillage qui pourra témoigner !

— Un témoin ne suffira pas, quand bien même nous en trouvions un. Mais je le lui ai demandé. Enfin, elle me l'a proposé et j'ai accepté. Ce sera sans doute la méthode la plus sûre pour obtenir des informations.

Taéla soupira. Elle ne comprenait pas. Pourquoi l'Aikdhekor essayait-il de tuer le prince après s'être donné tant de mal pour le ramener au palais ? C'était absurde. Il devait y avoir autre chose. Mais s'il était à l'origine des attaques, cela signifiait que tout militaire était potentiellement une menace. Elle devrait redoubler de vigilance dans les jours à venir...

*

Elle se réveilla à l'aube. Elle avait fini par se faire aux murs sombres de la chambre de bonne qu'elle occupait, qui étaient sans commune mesure avec ceux du reste du palais, tous ornés de grandes tapisseries et tentures plus resplendissantes les unes que les autres. À côté, la pièce ressemblait presque à un trou à rats. Mais elle se sentait bien, à savoir que dans la chambre d'à côté dormaient Gwyll et Feril. Elle retira sa chemise de nuit, enfila à la place une tunique blanche, par-dessus laquelle elle passa son armure de cuir. Elle regrettait celle que l'Ordre lui avait offerte, mais porter les armoiries royales la rendait fière.

Elle posa la main sur la commode, où devait se trouver la broche renard offerte par le roi, mais ne rencontra que le bois froid. Aussitôt, son esprit s'éclaircit. La broche n'était pas là. Il ne lui fallut que peu de temps pour retourner toute la chambre. Impossible de mettre la main dessus. Elle avait disparu. Probablement réveillée par le vacarme, Feril vint voir ce qu'il se passait. Taéla dut contenir ses larmes.

— Le renard… Il a disparu…

XIV – Complot

*

« La magie reste le moyen le plus simple de tromper l'esprit. Avec un peu d'entraînement, n'importe quel mage pourra, momentanément, emprunter les traits d'une autre personne, ainsi que sa voix. Pour ce qui est de l'attitude, du niveau de langue, ou de l'accent, il faudra cependant être soi-même un bon comédien, car si la magie surpasse le meilleur déguisement, on ne saurait se faire passer pour son prochain sans le connaître intimement. »

Jeux de l'affaiblissement de l'esprit, de Kronz Beleer

*

Elle était chaude contre lui. La tête dans ses cheveux, il huma son parfum et caressa sa taille. Que les dieux l'emportassent s'il ne l'aimait pas. La lumière de l'aube commençait à poindre par la grande fenêtre de la chambre. Ce moment de douceur devrait bientôt se terminer ; sous peu, les bonnes seraient là pour les aider, Feril et lui, à s'habiller. La princesse eut un soupir et se tourna pour lui faire face. Il embrassa son front, puis ses lèvres, avant qu'elle se serrât contre lui. Il sentit la main de sa bien-aimée caresser son dos. Un frisson de plaisir le parcourut. Qu'il aimait quand elle le touchait... Qu'il aimait la sentir contre son sein... Oh, ça oui, il l'aimait.

Il sursauta en entendant un bruit dans la chambre de bonne qu'occupait Taéla. Que faisait-elle de si bon matin ? Feril posa ses lèvres sur les siennes avant de lui dire qu'elle allait voir. Elle se leva. Qu'elle était belle, même dans sa chemise de nuit ! Ses longs cheveux roux dansaient dans son dos alors qu'elle marchait vers la porte de la chambrette. Il soupira. S'il ne voulait pas être habillé par les bonnes, il fallait qu'il se lève et s'en charge le plus vite possible.

Il enfila des chausses bâillantes, noires, et une tunique rayée de noir et de blanc. C'était la mode chez les nobles de Helbbel, et même si ce n'était pas à son goût, il s'y pliait, et commençait à s'y faire. Il passait au doigt son anneau princier quand on frappa à la porte. Les coups étaient trop lourds pour que ce fût les bonnes. Taéla semblait discuter avec Feril, aussi décida-t-il d'ouvrir la porte, non sans se munir d'un poignard, au cas où. Une troupe de gardes royaux, dans leurs armures étincelantes, toutes d'or et d'argent, se tenaient au garde-à-vous.

— Qu'y a-t-il ? s'enquit le prince.

— Par ordre de Sa Majesté le roi Krezac, nous venons arrêter Taéla, pour le vol de l'anneau royal.

— Hors de question, coupa-t-il. Ma femme n'est pas habillée, et Taéla est dans sa chambre.

— Mon Prince, veuillez vous écarter. Nous agissons sous l'autorité du roi.

Le garde repoussa Gwalbrevil et entra, suivi de près par ses comparses. Le bruit des armures en mouvement résonnait dans la salle comme des pièces d'or qu'on eut fait tomber.

— Sortez d'ici ! hurla le prince.

— Que se passe-t-il ? demandèrent en chœur Feril et Taéla.

Gwyll nota que la chasseuse d'argent avait les yeux rouges, comme si elle venait de pleurer, mais pas de traces de larmes. Feril se cacha la poitrine, comme si on eut pu la voir au travers de sa chemise de nuit, sa pudeur atteinte par le regard des soldats. Le prince pesta.

— Si vous ne sortez pas immédiatement, je vous ferai renvoyer !

Les gardes empoignèrent Taéla et la traînèrent dehors.

— Que faites-vous ? Lâchez-moi ! s'écria-t-elle. Je n'ai rien fait ! Lâchez-moi !

— Je vais éclaircir cette histoire ! lui lança le prince avant de se tourner vers son épouse. Ce doit être un malentendu. Je vais voir mon père.

Il prit le temps d'embrasser son épouse avant de sortir en trombe. D'un pas pressé, il se dirigea vers la chambre du roi. Il frappa à la porte, et c'est Detras qui lui ouvrit.

— Mon Prince, soyez le bienvenu.

— Père, que se passe-t-il ? Des gardes ont emmené Taéla, sur votre ordre apparemment.

— C'est exact, répondit le roi. Je suis désolé, mon fils, je ne voulais pas te mettre dans l'embarras. Mais... Il semble que ta protégée ait abusé de ta confiance... et de la mienne.

— Que voulez-vous dire ?

Ce fut l'Aikdhekor qui reprit.

— L'anneau royal a été volé cette nuit. Or, Taéla se trouvait là, dans le coin de la pièce. Votre père le roi l'a vue dans son sommeil... Cela aurait pu rester inaperçu, mais j'ai moi-même trouvé un indice plus que compromettant.

Gwyll se tourna vers lui, et Detras prit un air désolé en montrant la broche en forme de renard que le roi avait offerte à Taéla.

— C'est impossible ! s'offusqua le prince. Taéla n'aurait jamais fait cela !
— Je l'ai vue de mes yeux, mon fils. Je sais que c'est difficile à croire, et moi-même, sans cette broche, me serais permis de douter, mais... Je ne peux ignorer les faits. Taéla est une voleuse, comme me l'a prouvé Detras. Je crois que l'attrait de la richesse a eu raison de sa droiture...
— Une bien triste histoire, ajouta l'Aikdhekor. Nous aurions dû nous méfier avant de donner autant à une roturière, surtout une fille de marchand. Mon enquête sur elle a révélé que sa famille a toujours été à la recherche du moindre gain. L'honneur ne semble pas faire partie de leurs prérogatives...

Le poing de Gwalbrevil s'écrasa sur sa mâchoire avant qu'il pût ajouter quoi que ce fût. Son crâne heurta le mur, mais ce fut tout ce qui l'empêcha de tomber.

— Assez ! s'écria le roi. Cesse tes enfantillages, Gwalbrevil. Je sais que cette femme est importante pour toi, mais je peux lui pardonner son méfait. Si elle me rend l'anneau, je suis prêt à oublier cette histoire. Autrement, elle passera le restant de ses jours dans les geôles.

— Si je puis me permettre, Sire, pour avoir volé le roi, c'est la peine de mort qui s'impose.

— Cette femme a sauvé mon fils, Detras. Je ne la ferai pas tuer. Mais si dans une semaine, je n'ai pas récupéré cet anneau, elle ne verra plus jamais la lumière du jour. Est-ce clair pour vous deux ?

— Oui, mon Roi, répondit l'Aikdhekor.

— Très bien, répondit froidement Gwyll avant de tourner les talons.

*

— Dis-moi que tu n'as pas fait cela.

— Bien sûr que non ! s'écria Taéla. Je n'y comprends rien... Quant à cette broche, on me l'a volée cette nuit même, j'en discutais avec la princesse lorsque les gardes sont arrivés... C'est forcément un coup monté, Gwyll ! Ce n'est pas moi !

— Je te crois, Taéla... Je te crois... Mais dans ce cas, tu es dans de beaux draps... Si le roi n'a pas récupéré son anneau dans une semaine, tu seras condamnée aux geôles pour toujours.
— Par Bheldhéis, pourquoi moi ? Je ne comprends pas... Qui pourrait vouloir me piéger ?
— Quelqu'un qui en aurait assez de voir ses plans déjoués par la garde personnelle du prince ? proposa Gwyll.
— L'Aikdhekor ?
— Peut-être... Je vais en parler à Nubla. Elle aura sûrement des informations.
— Gwyll ?
— Oui ?
— Jure-moi que tu me crois...
— Je te le jure. Et je ferai tout pour te faire sortir de là.
— Mon Prince, coupa le geôlier, pardonnez-moi, mais j'ai des ordres stricts. Je dois mettre fin à la visite.
— Très bien. Je trouverai l'anneau, Taéla, je te le promets.

Il sortit des geôles pour remonter dans le palais. Gwyll n'avait aucun souvenir d'être déjà descendu dans cette partie du château. En effet, enfant, cela lui avait été formellement interdit, et en grandissant, il avait perdu toute envie d'aller explorer cette zone sordide. Tout y était froid et puant, et il n'eut pas été surpris d'y voir des gouttes d'eau sur les poils des rats tant il y faisait humide.

— Mon Prince, fit la voix désormais familière de Nubla derrière lui.
— Te voilà. Dis-moi que tu as quelque chose.
— Rien de bon j'en ai peur.
— Je t'écoute.
— C'est un coup monté.
— Je m'en doute, s'impatienta-t-il. Je t'en prie Nubla, dis-moi tout ce qu'il y a à savoir.
— Très bien. L'Aikdhekor a mandaté un homme, du nom de Gromsar, pour aller voler la broche de Taéla. Pendant ce temps, il est allé lui-même récupérer l'anneau du roi. Cependant, il n'y est pas allé seul. Un mage, nommé Thiak, l'a accompagné et a jeté un sort d'illusion. L'Aikdhekor a volé l'anneau sous les traits de Taéla. Bien entendu, je ne peux rien prouver de tout cela.
— Je te crois. Il nous faut récupérer l'anneau.

— Je crains que ce ne soit pas aisé. L'Aikdhekor le garde avec lui.
— Par Bheldhéis, je trouverai un moyen.

*

La nuit était déjà bien installée. Gwyll avait placé un poignard sous son oreiller. En l'absence de Taéla, les risques étaient plus élevés qu'à l'accoutumée. Il fallait qu'il pût se défendre des attaques qu'il essuierait peut-être. Feril le regardait faire, les traits marqués par la tristesse.

— Que va-t-il arriver à Taéla ? demanda-t-elle finalement.
— Je ne sais pas... Je n'ai pas encore trouvé de solution pour récupérer l'anneau. Mais si je n'y arrive pas, elle sera enfermée pour le restant de ses jours...
— Ce ne peut être elle ! Elle a tellement montré de loyauté...
— Non, bien sûr que ce n'est pas elle qui a volé l'anneau. C'est l'Aikdhekor. C'est bien là qu'est le problème. Je ne sais comment le lui reprendre.
— Peut-être devrais-tu le confronter ?
— Cela lui apprendrait que nous savons qu'il est coupable.

— Serait-ce si grave ?
— Il pourrait se préparer en conséquence... Cela dit, je n'ai pas d'autres solutions. Peut-être as-tu raison.

Ils s'installèrent dans le lit. Feril vint se coller contre son époux, et il l'enlaça. Que c'était rassurant de la sentir contre lui... Il secoua la tête. Ce n'était pas juste. Lui avait du confort et une femme avec lui, pendant que Taéla devait supporter l'humidité des geôles. Il se sentit soudain coupable de ses privilèges, mais ne s'en écarta pourtant pas. Il ne put contenir un sanglot, et la princesse se retourna vers lui. D'un geste doux, elle essuya ses larmes.

— J'ai peur, avoua-t-il. Peur de ne pas être à la hauteur... Peur de condamner Taéla... C'est de ma faute si elle est emprisonnée aujourd'hui... Si je ne l'avais pas emmenée, elle mènerait une vie paisible à Steg-Angwi...
— Mon amour, répondit-elle d'une voix douce, tu lui as apporté tant de bonheur et d'aventures... Elle n'aurait jamais voulu que tu la laisses là-bas. Et... Je comprends que tu aies peur. Mais je suis sûre que tu vas y arriver. Tu es courageux et intelligent. Tu trouveras un moyen. J'en suis certaine.

Elle le serra contre elle, dans une étreinte rassurante. Comme un enfant, il se laissa cajoler jusqu'à ce qu'il s'endormît.

XV – Revanche

*

« Donnez à un sorcier l'enseignement d'un mage, et vous le verrez devenir votre meilleur élève. Rares sont les sorciers qui n'apprécient pas d'user de leur don. Enseigner la magie à un sorcier revient à donner une arme magique à un brillant bretteur. Il saura se débrouiller sans, mais avec, nul ne pourra douter de son talent. Aussi rares que soient les sorciers, nous nous devons de leur enseigner ce que nous savons, afin de rendre hommage aux dieux qui ont offert ce don et d'honorer leur volonté. »

Thaumaturgie, Mages et Sorciers, de Bilgorn Ferroy

*

La chaleur étouffante sortit Nubla de son sommeil. Elle soupira, se retourna dans son lit, repoussa ses couvertures au passage. Le feu dans la cheminée était éteint. Il lui semblait pourtant l'entendre crépiter... Elle se redressa et sortit lentement de sa torpeur. Quelque chose n'allait pas. De la lumière s'échappait des volets fermés. Était-ce déjà l'aube ? Son corps lui criait que non, qu'elle avait besoin de sommeil. Mais son instinct lui intimait de ne pas l'écouter. Comme à son habitude, elle préféra suivre le second. Elle enfila une robe avant d'ouvrir le volet et de constater qu'elle avait bien fait de se lever.

Un incendie ravageait le village et toucherait sa maison dans quelques instants, s'il ne l'avait pas déjà atteinte. Les cris des habitants se mêlaient aux flammes. Elle se concentra. La première chose à faire était d'éteindre tout cela. Elle leva le bras vers le ciel et d'épais nuages noirs se mirent à tournoyer au-dessus du village. De lourdes gouttes de pluie s'abattirent sur les flammes et déjà, l'incendie reculait. Mais cela ne suffirait pas, elle le savait.

Elle descendit l'escalier en trombe et tomba nez à nez avec un homme vêtu de noir, le visage masqué d'un foulard, et une lunette posée sur l'œil droit. Elle n'eut pas le temps de demander qui il était qu'il tira une épée.

— Mauvaise idée... commenta-t-elle alors que du froid se formait au creux de ses mains.

L'instant d'après, l'homme était cloué au sol, dans un bloc de glace à taille humaine. Six autres hommes se retrouvèrent dans le même état, tous affublés des mêmes vêtements noirs et de la même lunette. Que faisaient tous ces gens chez elle ? La cherchaient-ils particulièrement ? Ou cherchaient-ils quelqu'un d'autre et n'avaient pas eu de chance ? Elle remit ses questions à plus tard. Il lui fallait s'occuper de l'incendie et des éventuels blessés.

Elle réussit enfin à sortir de chez elle et constata que la pluie avait eu l'effet escompté. Elle se servit de sa magie pour aider les villageois à éteindre les feux restants. Elle fit ensuite le tour du veig pour soigner les blessés. Ils étaient une dizaine, mais heureusement, aucun mort n'était à déplorer. Ces soldats de pacotille avaient de la chance. Une fois son travail auprès des blessés accompli, elle retourna chez elle, où l'attendaient des blocs de glace qui n'avaient pas fondu le moins du monde. Elle s'approcha du premier, retira la glace de sa tête, attendit qu'il se réveillât de son sommeil forcé.

— Que... Que s'est-il passé ? demanda une voix d'homme mûr.

— Peu importe votre mission, vous avez échoué, lança Nubla pour attirer son attention. Qu'êtes-vous venu faire à Steg-Angwi ? Qui vous envoie ?

— Je vois... Il avait raison, nous aurions dû être plus prudents.
— Qui ?
— Je ne peux pas vous le dire. J'ai prêté serment.
— Alors tu rompras ce serment, que tu le veuilles ou non.

Elle tendit sa volonté vers lui, et lorsqu'elle trouva la sienne, elle l'altéra sans vergogne. Ce n'était pas un mage, pour sûr. Sa volonté était bien trop faible.

— Parle, qui t'envoie ?
— L'Aikdhekor. Je... Comment ?
— Tu ne peux pas me mentir. Sois heureux que ce soit tout ce que j'aie fait à ta volonté. Pourquoi ?
— Je ne sais pas, il ne me l'a pas dit...
— Quand ?
— Le lendemain du mariage du prince...
— À quoi sert cette lunette que vous portez tous ?
— Elle est enchantée et nous permet de voir dans le noir comme en plein jour...
— Quel était votre objectif ?
— Tuer l'Aikveig... Ramener tout objet magique que l'on reconnaîtrait... Arrêtez par pitié, je ne dois pas révéler tout cela ! Il me tuera !

— Il ne te tuera pas.

Elle poussa le bloc de glace jusqu'au-dehors. Il glissait bien sur le sol dallé, beaucoup mieux que sur la terre. Elle fit de même avec les autres. Les habitants la regardèrent faire, interloqués. Ils ne devaient pas les avoir vus, occupés par l'incendie. Elle tendit les mains vers le sol, et celui-ci trembla, avant qu'une fosse s'ouvrît devant elle.

— Il ne te tuera pas, répéta-t-elle plus doucement, car pour avoir incendié mon veig, c'est moi qui vais te tuer.

Elle le poussa dans le trou, puis sa troupe avec lui. Il cria, mais elle remit de la glace afin qu'il ne se sentît pas mourir, puis referma la fosse. Le silence se fit absolu. Les habitants du veig regardaient la fosse refermée. Nubla éleva soudain la voix.

— Voilà le sort que je réserve à qui ose s'en prendre à ce veig ! Nul ne peut espérer incendier Steg-Angwi, blesser ses habitants, pénétrer dans ses maisons sans subir ensuite les conséquences de ses actes.

Les réactions furent multiples. Certains semblaient ne pas se remettre de ce qu'ils avaient vu. D'autres applaudissaient. D'autres encore s'étaient contentés de hocher la tête pour accueillir l'information. Quoi qu'il en fût, elle avait laissé un message fort. C'était tout ce qui comptait.

Elle se servit de sa magie pour aider à reconstruire ce qui s'était effondré, et en fin de matinée, les maisons étaient de nouveau habitables. Il y aurait des travaux à faire, c'était certain. Mais au moins, personne ne se retrouverait sans toit pour passer la prochaine nuit. Elle se rendit dans son antre, où se trouvait toujours l'œil de sang. Elle ne s'en était pas inquiétée, elle avait créé cet endroit de toute pièce ; de simples soldats ne l'auraient pas trouvé, encore moins en passant par le veig.

Un rapide coup d'œil de sang lui permit de vérifier que le prince était seul, dans un couloir du château. Elle banda sa volonté, et comme si ce n'était rien, fit un pas en avant.

— Mon Prince...
— Nubla... as-tu quelque chose de nouveau ?
— Pas vraiment, je n'ai pas été en mesure de regarder l'œil de sang ce matin. Steg-Angwi a été attaqué par des hommes de l'Aikdhekor.
— Quoi ?

— Il cherchait apparemment à m'éliminer. L'ordre date de ton mariage.
— Il sait que tu es une alliée précieuse. J'allais justement le confronter.
— Si je puis me permettre... J'ai une meilleure idée.
— Je t'écoute ?
— Il y a un moment où Detras ne garde pas l'anneau sur lui : lorsqu'il dort. Obtiens de ton père le droit de fouiller les chambres du palais pour trouver son anneau. J'irai ensuite rendre à l'Aikdhekor sa politesse...
— ... et lui voler l'anneau à nouveau.
— De plus, il n'y aura plus qu'à expliquer où il était et Detras sera, au minimum, démis de ses fonctions.
— C'est astucieux... Le plan me plaît. Très bien, je vais voir le roi.

*

La nuit était déjà tombée depuis de nombreuses heures. Nubla était fourbue, mais l'excitation lui permettait de faire face à sa fatigue. Elle se plongea dans l'œil de sang pour vérifier que l'Aikdhekor dormait. Il ronflait à poings fermés. Tout était parfait. Elle braqua l'œil sur Gwalbrevil. Il attendait dans sa chambre, son épouse allongée dans le lit. Elle se concentra et fit un pas un avant. La chambre était chaude, l'air lourd.

— Mon Prince, Princesse, je vous prie de m'excuser.
— Ne t'excuse pas, nous t'attendions, dit Gwyll.
— Je suppose que tu as eu l'autorisation de ton père ?
— Il n'a pas hésité une seconde. Retrouver son anneau est une priorité pour lui.
— Je m'en doutais. Parfait, tout est prêt. Si tu me le permets, je vais prendre ton apparence pour y aller. Ce sera plus sûr pour toi de ne pas y mettre les pieds, et je n'ai pas envie d'avoir la garde royale à mes trousses.
— Fais donc.

Elle procéda à la transformation. Elle sentit son apparence changer, et, dans le miroir de la chambre, sa robe laissa place à des chausses blanches et une tunique rayée de bleu et d'or.

— Vous lui ressemblez parfaitement, murmura Feril.
— Merci, ma Dame. Vous m'honorez.
— Va, reprit Gwyll. Et tâche de ne pas te faire prendre, tout de même.

Elle fit un pas en arrière pour retourner dans son antre et consulter de nouveau l'œil de sang. Detras dormait toujours. L'anneau était dans le tiroir de la commode, juste à côté de lui. Elle hocha la tête. Il était temps. Elle fit un pas en avant et se retrouva dans la pièce. Elle n'osait pas respirer. Elle tendit sa volonté vers celle, inconsciente, de son hôte. Elle y instigua du sommeil, plus de sommeil, un sommeil lourd. Comme il semblait s'apaiser, elle s'autorisa à prendre une inspiration. Tout allait bien.

Elle fit un pas vers la commode, ouvrit délicatement le tiroir, en tira l'objet de son infraction. Elle ne se risqua pas à le fermer. À la place, elle glissa à nouveau dans son esprit, mais cette fois, à la recherche de ses rêves. Elle le trouva dans un jardin, en train de faire la cour à une dame sans visage, mais dont les cheveux rappelaient ceux de Feril. Elle sourit intérieurement. Le pauvre n'était pas au bout de ses peines s'il souhaitait la conquérir.

Elle altéra le rêve. Les murs devinrent ceux de la chambre, et Detras offrit un anneau, l'anneau royal, non à la princesse, mais au prince.

— Merci, dit ce dernier. Tu as servi ton roi en me rendant cet anneau.

Elle sortit du rêve, et constata que Detras secouait la tête. Il allait se réveiller d'un instant à l'autre. Elle fit un pas en arrière et se retrouva de nouveau dans son antre. Un nouveau pas, et elle fut dans la chambre du prince. Elle fit disparaître l'illusion et reprit sa propre forme.

— Tout s'est bien passé ? s'enquit Gwyll.
— À merveille.

Elle lui tendit l'anneau. Il s'en saisit, et eut un regard plein de reconnaissance. Nubla sourit et fit la révérence.

— J'en ai profité pour lui donner un rêve où il vous remettait lui-même l'anneau. Cela n'a pas eu l'air de lui plaire.
— J'imagine, dit-il en retenant un rire ostensible. Merci, Nubla, merci encore. Merci pour le service rendu à la couronne et... merci pour Taéla.
— Il n'y a pas de quoi. Taéla est mon amie, autant que la tienne. Maintenant, si tu me le permets, je crois que je vais aller dormir. Je suis rompue, et les quelques heures de sommeil que je pourrai avoir me seront salutaires pour la journée de demain.

— Va, tu as bien mérité ta nuit. Merci encore.

Elle se retira, et, de son antre, repartit pour sa maison. Elle alluma du feu, se déshabilla et entra dans son lit. Par les dieux, qu'elle était exténuée ! Mais la journée avait été fructueuse. Après tout, on allait enfin rendre à l'Aikdhekor la monnaie de sa pièce.

XVI – Mort

*

« Les rites funéraires de Helbbel sont différents de ceux de Kemn. Eux n'enterrent pas leurs morts, mais les brûlent et conservent leurs cendres. En effet, il est dit qu'un nouveau-né dont le front est maculé des cendres d'un de ses ancêtres héritera de ses plus grandes qualités et apprendra de ses défauts. La mort est donc liée à la naissance, et c'est dans ce cycle que la vie se renouvelle. »

Rites Funéraires, de Terim Balkar

*

— Nous le tenons ! s'écria Gwyll, triomphant.
— Vous avez retrouvé l'anneau ? s'enquit Taéla, un éclair d'espoir adoucissant ses traits.
— Chez l'Aikdhekor lui-même. Je le remettrai au roi cet après-midi.
— Pourquoi pas dès maintenant ?
— Hélas, ses devoirs le retiennent. Il est en pleine négociation commerciale avec des diplomates de Kemn. Mais n'aie crainte, tu seras bientôt libre.

— Gwyll, je ne sais pas si tu as été informé, mais... je ne suis plus chasseuse d'argent. Le geôlier m'a lu une missive hier. L'Ordre m'a radiée, pour avoir volé le roi.
— Je réglerai cela. Ton innocence prouvée, il n'y a aucune raison que tu sois expulsée.
— J'espère que tu as raison...
— Mon Prince... fit le geôlier.
— Oui, je sais, les ordres. Nous nous reverrons vite, Taéla.

Gwyll s'éloigna de la cellule. Il posa la main sur le pommeau de son épée, qui ne le quittait plus depuis la mise aux arrêts de Taéla. L'anneau royal pesait lourd dans la poche intérieure de sa tunique, prêt à être rendu au roi. Taéla serait bientôt libre. Ce n'était qu'une question d'heures. Le sommeil tirait ses paupières ; il n'avait pas dormi de la nuit. Il était hors de question que quiconque pût s'emparer de l'anneau en profitant de son inconscience. Non, tant qu'il n'aurait pas rendu l'anneau à son père, il ne pouvait se permettre de dormir.

Heureusement, son épouse, elle, était allée se coucher dès le départ de Nubla. Il l'avait regardée dormir, assis sur le fauteuil devant la cheminée, ses pensées voguant entre sa bien-aimée et la journée qui allait suivre. Il y était à présent, et il ne lui restait plus qu'à occuper les quelques heures qui le séparaient de l'après-midi. La quatrième heure de la matinée était déjà passée. Le soleil atteindrait son zénith dans peu de temps. Il rejoignit Feril que l'on avait laissé dormir jusqu'alors.

— Bien dormi ? demanda-t-il d'une voix pleine de douceur.
— Mieux qu'hier, mais pas assez, je l'admets.
— Pardonne-moi, mon amour, c'est de ma faute.
— Tu n'as pas à t'excuser, Gwalbrevil. Si je l'avais voulu, je t'aurais laissé attendre seul. Je préférais simplement être avec toi.

Il déposa un baiser amoureux sur ses lèvres et caressa sa joue avec une délicatesse qu'il ne se connaissait que pour elle.

— Tu es la plus merveilleuse des femmes.
— Et toi le plus flatteur des hommes ! s'amusa-t-elle. Le plus dévoué aussi. Je suis fière de t'avoir épousé.
— Tu vas réussir à me faire rougir.
— C'est peut-être le but ?
— Alors tu n'es pas loin d'avoir réussi.

Ils s'embrassèrent à nouveau, et Feril changea de sujet.

— As-tu pu voir le roi ?
— Hélas, non. Il est en pleine entrevue diplomatique. J'ai de la chance que ma présence ne soit pas requise. Je lui parlerai cet après-midi.
— D'accord... dit-elle en hochant la tête. J'espère que tout se passera comme vous l'avez prévu...
— Je ne vois pas ce qui pourrait mal se passer. Mon père a confiance en moi. Lorsqu'il saura d'où vient cet anneau, il agira en conséquence. J'en suis certain.
— Puissent les dieux t'entendre et te soutenir...
— Tu as peur ?
— Je ne connais pas assez ton père pour juger de ce qu'il fera, et j'admets que cela m'angoisse. Savoir que Taéla est dans les geôles alors que ce Detras profite d'une vie luxueuse... Cela ne peut continuer ainsi.
— Je suis d'accord. Je te le jure, je ferai tout ce qui est en mon pouvoir pour que Taéla soit sortie avant ce soir.
— Je le sais, mon amour, je le sais. Et cela me rassure.

*

Le repas lui parut long, plus long encore que s'il l'eût passé avec les diplomates de Kemn. Mais à présent, ceux-ci devaient être dans leurs chambres respectives, et il allait enfin pouvoir parler au roi seul à seul. D'un pas décidé, il se rendit dans la salle du trône. Il y retrouva son père, qui venait d'arriver.

— Père ! J'ai une bonne nouvelle à vous annoncer.
— Qu'y a-t-il, mon fils ?
— J'ai retrouvé votre anneau. Et ce n'était pas Taéla qui l'avait volé.
— Tu as mon attention, Prince.
— Je l'ai récupéré dans la chambre de l'Aikdhekor.
— Je... Comment ? Comment est-ce possible ?
— Nubla, la sorcière qui vous a sauvé... Je lui ai demandé de surveiller le palais. Elle a découvert que l'Aikdhekor complotait contre vous, mais sans preuve, nous ne pouvions rien faire. Alors, nous avons essayé de déjouer ses plans. Or, il a payé un homme du nom de Gromsar, pour voler la broche de Taéla. Ainsi, l'Aikdhekor a pu la placer dans votre chambre, après avoir lui-même subtilisé l'anneau en se faisant passer pour elle. Alors nous avons attendu, et lorsque

l'occasion s'est présentée, nous avons à notre tour volé l'anneau à Detras. Le voici.

Il offrit à son père l'anneau tant recherché. D'une main fébrile, le roi l'empoigna et l'observa. Il le passa à son doigt et poussa un soupir de soulagement. Mais son visage s'assombrit presque aussitôt.

— Que l'on aille me chercher Detras, sur le champ !

Les deux gardes à l'entrée sortirent immédiatement. Seuls restèrent Gwyll et Krezac.

— Mon fils, je te suis reconnaissant, à toi et à cette Nubla. Justice sera faite, je le jure devant Bheldhéis.
— Qu'il en soit ainsi, répondit le prince.
— Detras... Un traître... Après toutes ces années... C'est si... difficile à croire...
— Et pourtant, les faits sont là... Je suis désolé, père. Je ne l'ai jamais apprécié, mais je sais qu'il était important à vos yeux.
— Il était cher à mon cœur, c'est vrai. Mais la félonie n'a pas sa place dans ce palais.

La porte s'ouvrit sur Detras, seul, qui entra dans la pièce et referma la porte derrière lui. Il s'avança et s'inclina devant son roi.

— Vous m'avez fait quérir, Majesté ?

— C'est fini, Detras, dit le prince. Le roi a récupéré son anneau, et il sait où je l'ai trouvé.

— Vous avez retrouvé l'anneau ? Quelle grande nouvelle ! Taéla vous a donc indiqué où elle l'avait caché ?

— Il suffit ! coupa Krezac. Gwalbrevil m'a révélé qu'il était dans ta chambre, Detras ! As-tu quelque chose à dire pour ta défense ?

— Majesté ! Ce ne peut qu'être faux ! Jamais je ne vous aurais trahi !

— Comment oses-tu traiter mon fils de menteur ? Il est ton prince ! Il est mon fils ! Mon sang ! La chair de ma chair !

— Je vous prie de m'excuser, ce n'était...

— Je ne t'ai pas autorisé à parler, Detras ! Nul ne se joue du roi impunément, nul ne trahit sa confiance impunément, et nul n'insulte son fils impunément !

Il se leva, et d'un geste violent, il gifla l'Aikdhékor. Celui-ci baissa les yeux.

— Tu as rendu de grands services au royaume, Detras, aussi ne te ferai-je pas exécuter sur le champ. Mais tu iras remplacer Taéla dans les geôles ! Tu...

Il ne termina pas sa phrase et tomba à genoux. Detras fit un pas en arrière, son épée maculée du sang du roi. Gwyll se leva d'un bond.

— Père !

Il prit son père dans ses bras. Son sang coulait à flots.

— Appelez un guérisseur !

Mais sa voix se perdit dans la salle vide. Les soldats n'étaient pas revenus avec l'Aikdhekor, qui avait dû les congédier.

— Ainsi, commença l'Aikdhekor, le prince, trop pressé d'obtenir le trône, tua son père froidement. Ce sera une triste histoire que l'on contera. Heureusement, j'étais là pour le venger.

Il manqua la gorge de Gwyll de peu. Gwyll s'était redressé, et tirait à présent son épée. Ses yeux gris brillaient de rage. Krezac mourait. *Son père mourait.* Il donna un coup de taille et d'estoc, mais l'Aikdhekor était une fine lame. Il para sans difficulté et contre-attaqua. Les lames s'entrechoquaient dans une danse macabre. Cela n'avait rien à voir avec les entraînements. Une seule chose comptait. *Tuer.*

— Alors, mon Prince, vous n'arrivez pas à prendre le dessus ? fanfaronna Detras. Même comme chasseur d'argent, je vous surpasse. Vous êtes indigne de votre statut ! Vous n'êtes qu'un faible et un pleutre qu'il a fallu menacer pour ramener dans le rang ! Vous n'êtes pas digne d'être roi !

Les coups s'enchaînaient. Detras menait la danse. Gwalbrevil ne le supportait pas, mais il ne parvenait pas à reprendre l'avantage. Les mots, pleins de haine, de l'Aikdhekor ne faisaient qu'accroître sa propre rage. Il avait tenté de le tuer, il avait piégé Taéla. *Il avait tué le roi.*

Il capta un mouvement trop ample de Detras. Une erreur ! Il fonça et mit un coup d'estoc dans l'épaule gauche de son adversaire. Ce n'était pas son bras maître, mais cela le déséquilibrerait au moins un peu. Profitant de cet avantage, il tenta une nouvelle touche sur sa jambe. Le coup fut paré, et la lame affûtée de l'Aikdhekor toucha la joue de Gwyll dans un cercle parfaitement exécuté.

— Tu ne peux rien, Gwyll. Et lorsque tu seras mort, ce sera au tour de Taéla.

Son nom sonnait toujours comme une insulte lorsqu'il le prononçait. Gwyll fit un pas en arrière pour reprendre sa respiration. C'est alors qu'il remarqua. L'Aikdhekor avait beau fanfaronner, lui aussi avait le souffle court. Il pouvait le vaincre. Il le fallait ! Aussitôt, il se lança en avant et mit un coup de taille. L'Aikdhekor était rapide, mais il ne le fut pas assez, et une belle entaille se dessina sur sa jambe. Il avait enfin l'avantage.

Déséquilibré, Detras ne se battait plus aussi bien. Il restait vif, et ne ressentait probablement pas la douleur, mais son jeu de jambes atteint, Gwyll se sentit enfin mener la danse. L'Aikdhekor ne jouait plus. Il fulminait. La haine qui l'habitait se traduisait en coups violents et désordonnés, que plus aucune technique n'animait. Gwyll para et esquiva les assauts, jusqu'à trouver une ouverture fatale. Il planta son épée dans la gorge de Detras, et la retira aussi sec. Une gerbe de sang jaillit, il s'écroula sur le sol, la main sur le cou, comme pour retenir le flot inarrêtable.

Le prince courut vers son père. Il était trop tard, il était mort. D'épaisses larmes s'écoulèrent le long de ses joues. Krezac était mort. Il n'avait pas pu lui dire une dernière fois combien il l'aimait. Il n'avait pas pu lui dire qu'il avait eu raison, une fois de plus, qu'il aimait son épouse comme il n'aurait jamais pensé pouvoir aimer une femme. Il n'avait pas pu lui dire qu'il allait lui manquer, qu'il avait besoin de lui. C'était trop tard.

— Pardonne-moi, père... Je n'ai pas su te protéger...

*

Les flammes brûlaient la chair de feu le roi Krezac. S'envolaient en volutes de fumée sa grandeur d'âme et sa patience, reconnues dans tout le pays. La capitale, dont tous les drapeaux étaient parés de noir et d'or pour annoncer son deuil, était silencieuse et respectueuse. Le roi était mort.

Gwyll ne pleurait pas, ne pleurait plus. À sa gauche, Taéla contenait ses larmes, alors que celles de Feril, à sa droite, coulaient à flots. Il se jura de se montrer digne de son père qui avait placé en lui tant d'espoirs. Il était roi, à présent. Le roi Gwalbrevil. Il n'en était pas fier, car lui-même ne pensait pas mériter un tel titre. Mais si son père avait cru en lui, si son peuple croyait en lui, il se devait de faire de son mieux, et il le ferait.

La troupe funèbre autour du feu se désagrégea lentement. L'odeur de la chair brûlée pouvait retourner l'estomac, mais Gwalbrevil tenait à attendre jusqu'au bout, dût-il demeurer ici pendant des heures. Son père était mort... À chaque fois qu'il y pensait, il espérait que la douleur serait plus légère. Il n'en était rien.

Le feu finit par s'éteindre, au milieu de la nuit. L'Aikdhei rassembla les cendres dans une urne qu'il offrit au nouveau roi. Un maigre cortège accompagna Gwalbrevil jusqu'au palais, avant d'être dissout par Taéla elle-même. Elle ne lui avait rien dit, et il lui en était reconnaissant. Il n'avait pas envie de parler, seulement de se recueillir.

Le deuil durerait un mois, mais il n'aurait pas tout ce temps. Après tout, dorénavant, il était roi.

XVII – Épilogue

*

« La reine Remya était la plus douce des reines que Helbbel ait connue. C'est elle qui fut à l'origine des règles protégeant les paysans des taxes abusives, et c'est aussi elle qui proposa la première de laisser les femmes accéder à des positions de pouvoir. Et le roi Krezac l'aimait d'un amour si tendre que nul ne pouvait prétendre l'ignorer. Mais il n'était pas le seul à lui vouer une admiration sans limites. Le peuple, qu'elle chérissait, le lui rendait bien. Ainsi, si le roi fut aimé de tous, jamais il ne le fut autant que son épouse. »

Lignées royales de Helbbel, de Tielin Becroy

*

La neige recouvrait Meoran d'un épais manteau. L'hiver bien entamé faisait fumer les cheminées du veig. Le palais, qui surplombait la capitale, offrait à Taéla une vue splendide. Debout sur les marches de l'entrée, elle profita du spectacle une dernière seconde. Elle inspira profondément, et entra. Les gardes s'inclinèrent légèrement à son passage, et elle leur rendit leur salut. Elle se dirigea vers la salle à manger dite du Renard, qui, plus modeste que la grande salle où l'on invitait les diplomates, servait pour les repas moins grandiloquents.

Feril et Gwalbrevil étaient déjà assis, entourés d'une petite dizaine de nobles qui constituaient le cercle d'amis du roi et de la reine. À son entrée, Gwyll se leva et sourit à Taéla. Il lui indiqua un siège qu'elle s'empressa de rejoindre.

— Bonjour, Aikdhekor, dit-il, heureux que vous puissiez vous joindre à nous.
— Avec plaisir, Majesté. Messieurs, mesdames, le bonjour à vous.

Elle adressa un signe de tête un peu plus appuyé à Nubla, qui, de plus en plus souvent, était présente à la cour. Taéla n'était toujours pas habituée à son statut d'Aikdhekor ; elle avait beaucoup à apprendre. Elle était considérée comme les nobles, et ce même si elle n'avait guère de terres à administrer. Elle était la main armée du roi, et était à ce titre respectée de chacun. Elle ne pouvait s'empêcher de trouver que la cape faisait un peu trop pompeux, mais... elle ne rechignait pas à la porter. L'aura qu'elle dégageait lorsqu'elle portait cette armure lui plaisait. Elle se sentait forte.

Le repas ne fut pas très long, en comparaison avec ce à quoi elle avait déjà pu assister, et le groupe se scinda en deux, les hommes d'un côté, les femmes de l'autre. Bien qu'elle hésitât à aller avec les hommes, Feril lui intima discrètement de rester avec elle. L'Aikdhekor ne se fit pas prier, et très vite, dès que les hommes furent sortis, elle comprit le pourquoi de cette requête. La reine avait une annonce à faire.

— Le temps est venu de vous le dire, commença-t-elle. J'attends un enfant ! Dans un peu plus de six mois naîtra un prince ou une princesse !
— Félicitations, ma Reine ! s'écrièrent toutes les femmes.

Taéla se contenta de sourire. Elle capta le regard de Feril qui le lui rendit avec un plaisir évident. Elle était radieuse, et la vie qui naissait en elle n'y était sans doute pas pour rien. Les amies de la reine ne pouvaient s'empêcher de poser toutes sortes de questions, parfois très indiscrètes, mais Feril répondit à presque toutes, lorsqu'elle avait une réponse à donner. Elle était adorable, se dit Taéla. Et ce ne serait pas la dernière fois qu'elle se le dirait à l'avenir.

En effet, au fil du temps, Feril se montra sous un jour toujours meilleur, prête à tout pour que son enfant naquît de la plus belle des façons. Une chambre lui fut préparée, et ce alors qu'elle ne prévoyait pas, avait entendu Taéla, de le confier à une nourrice avant des années. Elle escomptait le garder auprès d'elle en toutes circonstances, et cette idée était partagée par le roi. Aussi, lorsque vint le jour de la naissance, nul ne fut étonné que les doléances soient remises au lendemain.

Ainsi, comme Krezac et Remya avant eux, Gwalbrevil et Feril eurent un fils, qu'ils nommèrent Selkan. Le roi et la reine furent bons et aimés de Helbbel et de Sonne. Le prince Selkan apprit beaucoup grâce à son père, à sa mère et à Taéla. Cette dernière le considéra comme un homme dès son plus jeune âge. Il apprit à manier l'épée comme son père et les mots comme sa mère. Il devint à son tour un bon roi.

Taéla ne se maria jamais et n'eut pas d'enfants, trop occupée par tout ce qu'il se passait à la cour et au-delà. Elle fut réhabilitée par l'Ordre des Chasseurs d'Argent, mais ne quitta jamais son poste d'Aikdhekor. Lorsqu'elle mourut finalement, ce fut en paix avec elle-même et heureuse de la vie qu'elle avait mené. Et si sa lignée s'éteint avec elle, son souvenir marqua la cour et elle ne fut jamais oubliée.

Fin